*Ciudad Cupid*

*Una ciudad entre la neblina*

*Dedicado a mi hijo y a mis sobrinos. Espero que algún día la ciencia les guste tanto como a mí...*

*... y a Belana C. G.*

## PRÓLOGO

Aunque esta historia es pura ficción, la totalidad de los avances están basados en ciencia realista, es posible que alguna de esta tecnología se encuentre en pleno desarrollo. En mi opinión, muchos de los escenarios que se pronostican parecen ser inevitables.

Sam GJ

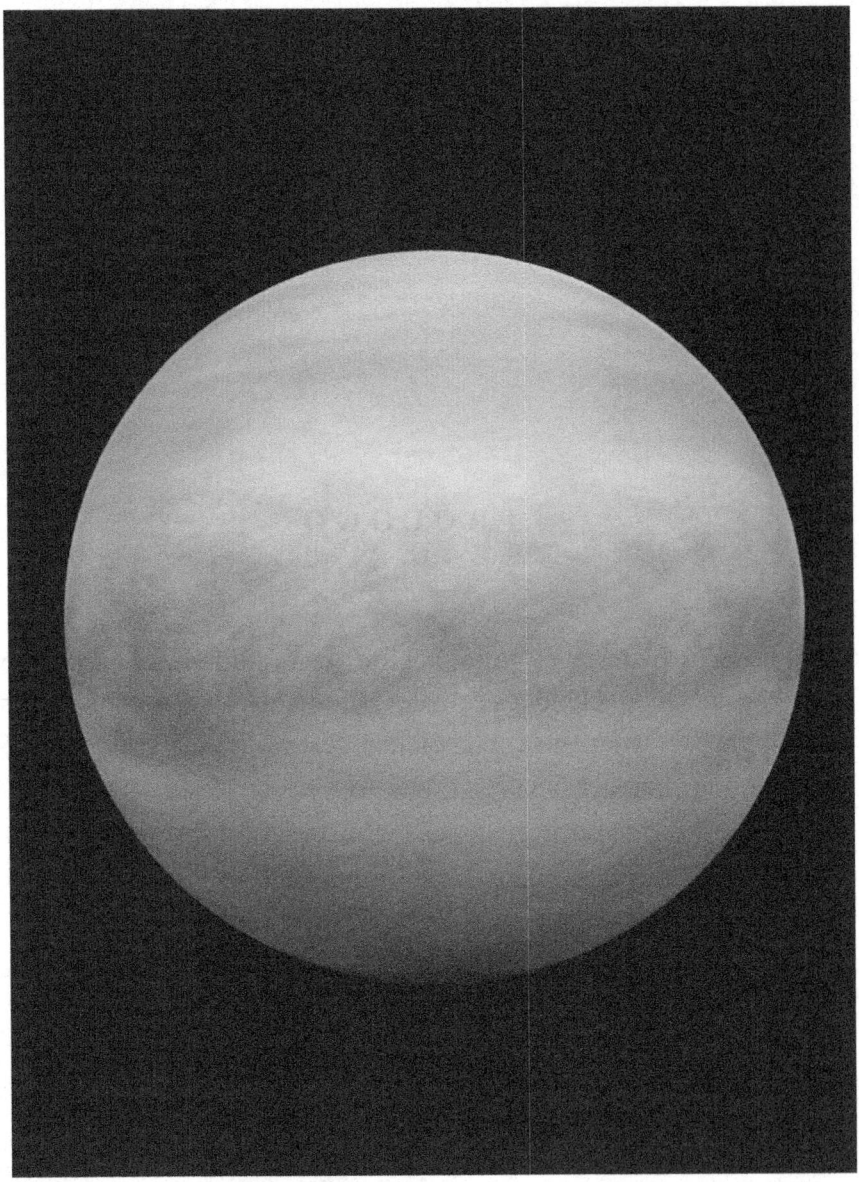

*Planeta Venus. Crédito NASA*

## Capítulo 1. Mi primer trabajo

**Relato de Belana. Día 3**

-¡Belana, buen día, es hora de despertar! Recibiste correo de un remitente que has marcado como prioritario: la Agencia Espacial Internacional.

Al principio me pareció que seguía soñando, pero abrí los ojos, la energía me invadió, sin darme cuenta ya estaba fuera de la cama, por fin había llegado la respuesta que tanto esperaba. Con mucho apuro, le contesté a mi asistente virtual personal (AVP):

-¿Cuál fue el mensaje?, le pregunté.

Contuve la respiración y cerré mis ojos esperando la respuesta, aguardando escuchar que lo había conseguido:

-Reproduciendo mensaje completo, me contestó.

Escuché una voz de mujer que hablaba con mucha formalidad:

-Le pedimos que nos visite el mismo día de hoy, a las 10:00 am, en las oficinas de Vida Extraterrestre, piso 250, edificio A, del complejo de la Agencia Espacial Internacional en la Ciudad Soberana de Washington, para darle un resumen del puesto que se le ofrece. ¡Gracias!

-¿Deseas que le confirme la reunión?, me preguntó mi AVP.

Brinqué, bailé, levanté mis brazos, miré al cielo sonriendo y contesté:

-¡Sí! ¡Acéptala! ¡Abre las cortinas del cuarto! Déjame ver de nuevo la increíble vista de la ciudad, no me canso de mirarla.

Las cortinas del cuarto del hotel se abrieron, y una vez más le eché un vistazo al fantástico edificio de la Agencia Espacial Internacional (AEI) que domina la Ciudad Soberana de Washington. El inmueble es un hermoso e increíble rascacielos blanco, de 1,500 metros de altura, que parece inclinarse 45 grados apuntando hacia el cielo, se puede ver a kilómetros de distancia.

-Por favor, tómame una foto con esta hermosa vista para enviarla a mis amigos, le pedí a mi AVP.

-Muy bien, Belana, indícame cuándo tomarla, me contestó.

Este es mi primera ocupación después del doctorado, y para cualquier estudioso de la astrobiología obtener un trabajo en la única agencia espacial pública del planeta, la AEI, es como ganar el premio principal de la lotería.

En mi caso, me ha costado mucho más trabajo por ser una humana primaria; no tengo un gran currículo laboral aún, pues llevo toda mi vida estudiando, pero creo que me ha valido el premio a la mejor tesis de vida extraterrestre en mi universidad. Así que debo estar preparada si el tema de mi polémica tesis se toca durante la entrevista. Me paré frente al espejo y ensayé con mi tono más convincente:

-Sé que mi tesis *Modificación de seres vivos para su sobrevivencia en nuevos planetas* es muy polémica, pues explora la parte técnica de algo que se encuentra prohibido por las leyes. Me tomó muchos años de esfuerzo, de investigación, mas el objetivo nunca fue promover dicha práctica, la cual es un atentado en contra de la naturaleza, sino más bien el objetivo es entender la ciencia y técnica que estaría detrás de esta práctica, sus alcances y límites para así ayudar a mantener el orden y la legalidad, además de ampliar nuestra comprensión del tema.

Después de ensayar mi respuesta comencé a vestirme y arreglarme, tenía que lucir muy bien para mi cita importante, así que decidí ponerme labial, peinarme linda, lucir mi mejor sonrisa para comenzar bien el día, y dije para mis adentros: 'Hoy me voy a poner mi ropa nueva para lucir espectacular en la gran cantidad de fotos que pienso tomarme. Voy a destacar mucho entre todos esos humanos codificados con su apariencia simple y andrógina'.

Pronto salí de mi habitación para subir al elevador, y pensé que debía avisarle a mis padres sobre la buena noticia, entonces le instruí a mi AVP:

-Comunícame a mis dos padres en videollamada.

Tomé asiento en el elevador, cerré mis ojos y vi a mis papás en su casa alistándose para sus tareas matutinas.

-¡Hola, buenos días! Recién me han mandado un mensaje de la AEI, han aprobado mi solicitud de empleo para el puesto de investigadora. ¡En este momento me dirijo hacia la torre de la AEI!

Mi papá dijo muy entusiasmado:

-¡Felicidades, hija! Yo sabía que lo lograrías.

De inmediato, mi mamá agregó:

*Ciudad Washington*

-¡Grandioso! ¡Felicidades! ¡Qué rápido te aprobaron!

Les platiqué lo bien que la he pasado en Washington estos días; luego, el elevador se detuvo, y mi AVP nos interrumpió con un nuevo mensaje: 'hemos llegado a la estación de conexión con el sistema de transporte urbano, dirígete al tren C221, para viajar a la torre de la AEI.

Abrí mis ojos y me dirigí al sistema de transporte urbano, por lo que les avisé a mis papás:

-Voy a subir al sistema de transporte urbano, así que abriré mis ojos, pero los seguiré viendo en modo fantasma. Mamá y papá, espero que hoy sea un gran día, y quiero agradecerles mucho todo su apoyo este tiempo de mis estudios. ¡Mil gracias, los amo!

Abordé el tren, y me despedí de ellos:

-Les platicaré con detalle al salir de la reunión. ¡Adiós!

Entré a una moderna y cómoda estación de trenes aéreos, donde cada uno tiene un destino específico hacia una zona distinta de la ciudad. Subí a mi tren, y en el trayecto pude apreciar desde la altura el paisaje de la antigua Ciudad Soberana de Washington, totalmente reconstruida después de su colapso y abandono en la era de las grandes epidemias SAVE y que, contra todas las predicciones, nunca fue bombardeada durante la Tercera Guerra Mundial, a pesar de haber sido considerada el blanco principal del grupo terrorista SAVE.

Ahora, por el contrario, en el año 2220 ya sólo faltan unos cuantos días para que la Ciudad Soberana de Washington sea la sede principal de la conmemoración del centenario de la Federación de Naciones Unidas (FNU). La ciudad ya se encuentra apropiadamente vestida, se pueden ver los preparativos para esta gran ceremonia en todos lados: banderas ondean en las calles representando las 3,567 ciudades soberanas del mundo, exhibiciones urbanas de los grandes logros y avances de la nueva sociedad que la FNU construyó: una civilización que no conoce las guerras, el hambre y la enfermedad han sido conquistadas, los ecosistemas se encuentran en franco proceso de recuperación, entre muchos otros logros, pero ninguno tan reciente y tan emocionante como la próxima fundación de la nueva ciudad soberana, la primera fuera del planeta: Ciudad Cupid.

Pasear por estos días en Washington ha sido muy entretenido; sin embargo, no he venido a pasear, sino a lograr este trabajo tan añorado.

Pude observar a lo lejos los lugares que ya había visitado de turista en la ciudad: la antigua Casa Blanca, el Capitolio, ambos edificios reconstruidos y que ahora son museos sobre la antigua civilización humana de los siglos XX y XXI.

Al llegar al gran edificio de la Agencia Espacial Internacional (AEI), bajé del tren y caminé hasta la recepción donde había dos androides de protocolo y seguridad con el logotipo de la AEI en el pecho, de personalidad muy plana y formal, típica de todo androide de protocolo.

-Bienvenida a la AEI, Belana, nosotros te acompañaremos y daremos algunas explicaciones por ser tu primera vez en el edificio, si así lo apruebas, me indicaron.

-¡Sí, denme todas explicaciones del lugar, que me serán muy útiles además de interesantes!, les contesté con entusiasmo.

Los dos androides comenzaron así a guiarme por los pasillos de los jardines exteriores rumbo al edificio principal, y señalaban algunos extraordinarios objetos y monumentos en el trayecto, aunque con una voz claramente ensayada y un poco sobreactuada:

-La AEI fue fundada en el año 2120, por la Federación de Naciones Unidas, con el propósito de concentrar toda la tecnología de exploración espacial dispersa en el siglo XX, así como para poner orden en la minería espacial de asteroides sobreexplotada por las corporaciones reinantes después de la Tercera Guerra Mundial. A tu derecha verás el famoso monumento al primer equipo humano en Marte; y a tu izquierda, el muro que conmemora a los mineros extraviados o fallecidos en la exploración espacial.

Así fueron mostrándome algunas curiosidades del complejo hasta llegar al transportador del edificio, donde me indicaron:

-Por favor, Belana, sube al transportador para dirigirnos al piso 150 de la torre A, donde serás recibida.

Pronto llegamos al vestíbulo del piso 150, allí se encontraba esperándome una muy hermosa mujer de raza claramente codificada, vestida con uniforme de la AEI, quien con un tono muy amable, haciendo una ligera y brevísima sonrisa ensayada, me expresó:

-Hola, doctora Belana, soy la doctora Aurora. Bienvenida al Departamento de Estudio y Desarrollo de la Vida Extraterrestre de la AEI. Me da gusto conocerte. Para luego dar una orden: 'Androides de protocolo pueden retirarse'.

Los androides dieron media vuelta y caminaron de forma totalmente sincronizada hacia a su puesto fijo en el vestíbulo.

Inmediatamente la doctora Aurora me dijo, en un tono mucho menos expresivo, sino más bien algo monótono, típico de todos los seres humanos codificados:

-Me sorprende positivamente constatar que eres una

humana primaria, creo que en mis 60 años de edad nunca había visto una mujer primaria con calificaciones universitarias del nivel de excelencia de un codificado. Testifico así de primera mano que las nuevas generaciones de humanos primarios se han acercado a nuestro nivel intelectual. ¡Felicidades!, supongo que eres admirada por tu familia y amigos, ellos deben estar orgullosos de ti.

Me impresionó que la doctora Aurora tuviera 60 años. Es imposible detectar la edad en los humanos codificados, después de todo vivirán más de 200 años y apenas parecerán envejecer. Además, es una mujer codificada muy agradable, es muy raro que un humano codificado otorgue un cumplido, tal vez cuando lo hacen suenan un poco petulantes, pero sé muy bien que no conocen la arrogancia ni la hipocresía, así que lo tomé como un cumplido muy bonito, y le contesté con una sonrisa y una sencilla respuesta:

-¡Gracias, doctora Aurora! Es un honor para mí haber sido seleccionada y aprobada por la AEI para el puesto vacante.

Luego, la doctora Aurora, con un movimiento muy formal, levantó su brazo, y me indicó el camino:

-Acompáñame a la sala de entrevistas y reuniones, ahí se está reuniendo el personal del proyecto para el cual fueron seleccionados.

La seguí hacia una pequeña sala, donde ya estaban sentados tres expositores y otras siete personas como observadores.

Entonces lo vi ahí sentado, al principio dudé que fuera él, confieso que fue una gran sorpresa, no sabría describir con precisión todo lo que sentí en ese momento; en primer lugar, mucho nerviosismo, alegría y aun algo más, entre los expositores se encontraba el doctor Richard, mi profesor universitario y asesor de tesis.

El doctor Richard es un hombre muy solitario, quien estuvo muy enamorado de mí, mas nunca me lo confesó abiertamente, pero eso sí, siempre fue lindo y tierno, su mirada de enamorado siempre me hizo sentir incómoda, aunque simplemente nunca me interesó. Por más que se lo di a entender, nunca pareció darse cuenta, jamás me han gustado los hombres primarios tan mayores, a diferencia de los codificados, a los que no se les nota la edad. A todas luces, el doctor Richard es un claro ejemplo de un humano primario más viejo, sus emociones lo dominan y evidencian, por más que las quiera ocultar, aún recuerdo el día que me despedí de él, podía ver cómo su rostro descendía al suelo, ocultando en su mirada su más profunda tristeza.

Me senté unas filas atrás del doctor Richard, no quería que me viera en ese momento, pero luego comencé a pensar que era muy poco probable que fuera una casualidad que él estuviera aquí, este mismo día y en esta sala. Yo esperaba una entrevista de inicio de trabajo o una especie de inducción, pues creo que esta conferencia es a lo que me han traído, pero ¿qué es esto?, ¿una especie de conferencia?, ¿una sesión colectiva de inducción laboral? Mi mente no podía dejar de hacer conjeturas, ¿tendrá algo que ver algo el doctor Richard con mi aceptación en el puesto que solicité?, ¿tendré que trabajar con él? Espero que después de todos estos años, se pueda limitar a un trato profesional.

Entonces los tres expositores tomaron asiento en el podio, todos se veían muy serios, comenzaron a exponer apoyados con imágenes en tercera dimensión al frente del aula. El primero a la derecha, claramente codificado y con uniforme de la AEI, comenzó a hablar:

-Bienvenidos al Departamento de Estudio y Desarrollo de

Vida Extraterrestre de la Agencia Espacial Internacional, soy el doctor Fab Highton, y mi puesto es coordinador del Departamento de Vida Extraterrestre de la AEI. Como saben ustedes, este departamento tiene como principal objetivo los asuntos derivados de la vida extraterrestre natural y artificial descubierta en otros sistemas solares distantes, con excepción de la vida inteligente, la cual es administrada por el Departamento de Relaciones con Seres Inteligentes Extraterrestres de la Federación de Naciones Unidas, y su organismo técnico científico.

-Además, en este departamento desarrollamos adaptaciones de plantas y microbios terrestres para sobrevivir y adaptarse a condiciones del espacio exterior para el sustento de los seres humanos, y el apoyo de actividades de exploración. Como es de su conocimiento, está prohibido liberar en otros mundos animales e insectos con modificación genética, pues ha demostrado ser peligroso e inútil, sentenció.

Esta última explicación parecía estar de sobra, ya que es bien conocido que la creación de nuevas especies para la vida en el espacio exterior está muy regulada, y que cuando estas reglas se han violado en el pasado han traído consigo terribles consecuencias para el equilibrio ecológico de esos mundos, así como para la Tierra cuando dichos seres vivos modificados han contagiado nuestros propios ecosistemas. En ese momento me di cuenta: el tema es totalmente vinculado con mi tesis, me puse nerviosa, mi tesis es extremadamente polémica, será muy difícil defenderla ante tantas personas. Después, el coordinador del departamento continuó hablando:

-De aquí en adelante la información que les proporcionen será considerada confidencial bajo las leyes vigentes de la FNU, que establecen que respecto a proyectos o funciones que su divulgación ponga en riesgo la paz y la tranquilidad de los humanos en nuestro sistema solar, se podrán mantener en secreto por un periodo de cinco años.

Esto es muy raro, los proyectos de desarrollo de vida extraterrestre de la AEI sólo son con fines de sustento de los humanos en el sistema solar y, por tanto, nunca son proyectos secretos. ¡Este era un proyecto muy especial!

En seguida, cinco personas con uniforme de oficiales de la FNU entraron a la sala, uno de ellos tomó la palabra, diciendo:

-¡Buen día! Mi nombre es Roberth Smith, en este momento les queda estrictamente prohibida la divulgación al público de toda la información que les será presentada. Cada uno de ustedes ha sido elegido por sus habilidades y conocimientos específicos para formar parte de un equipo de investigadores que se hará a cargo de un proyecto confidencial. Si desean participar firmen el acuerdo de confidencialidad presentado a su asistente virtual personal, de lo contrario abandonen la sala de inmediato.

En ese momento, el doctor Richard se volteó para darse cuenta de que yo estaba sentada unas dos filas atrás de él, dibujó una gran sonrisa en su cara y me saludó:

-¡Hola, Belana! ¡Qué gusto volverte a ver!

-¡Hola, doctor Richard!, ¿dónde nos venimos a encontrar?, le contesté.

Claramente el doctor Richard ya esperaba verme, y lo noté nervioso, sino fuera porque estábamos en plena conferencia, otra hubiera sido la forma de saludarnos. Por un lado, me sentí aliviada; pero por otro, un poco decepcionada, ya que fue demasiado seco en su saludo.

En ese momento, frente a mí apareció un holograma de

lectura, las letras se movían más rápido de lo normal, y comenzaban así:

*Este es un acuerdo de confidencialidad entre usted y la Federación de Naciones Unidas y su Senado, en caso de querer leerlo diga firmar y continuar, de lo contrario diga cancelar y abandone la sala.*

La verdad, me sentí muy entusiasmada al mismo tiempo que nerviosa, emociones que, creo, fui la única entre los invitados a la sala en experimentar, pues los otros miembros de la audiencia eran de raza codificada, y seguramente no reconocen el nerviosismo como emoción humana, aunque sí conozcan el entusiasmo, pero en una forma mucho más ligera en comparación con una persona de raza primaria. El doctor Richard también es humano primario, pero ya es parte del proyecto y está aquí para exponer, claramente no está sorprendido; en cambio, se veía muy contento de verme, aunque trataba de disimularlo.

Comencé a leer el acuerdo de confidencialidad a mi máxima velocidad, y logré terminar al mismo tiempo que el resto de los miembros codificados de la sala, incluso antes que algunos. Es claro que los ocho invitados la firmamos y nos quedamos en la sala para participar en el proyecto, el cual prometía ser muy importante y emocionante, yo estaba muy atenta a todo lo que decían.

Finalmente, las imágenes en tercera dimensión del frente de la sala cobraron vida, y se pudo ver un esquema de la Ciudad Cupid y la refinería entre las nubes del planeta Venus. Entonces, la tercera persona del panel, el doctor Xing Lao, se puso de pie y comenzó a exponer el proyecto secreto del cual seríamos parte. Es muy común que las personas de raza codificada sean serias y formales al hablar, pero esta vez su tono de voz era más bien sombrío:

-Todos ustedes ya han aceptado las condiciones de su acuerdo de confidencialidad, y han firmado su contrato de trabajo para la Agencia Espacial Internacional, ahora son oficialmente empleados de la AEI. ¡Bienvenidos!

-Como ya están enterados, hace tres días sucedieron dos accidentes en dos de sus diez habitáculos flotantes de nuestra gloriosa y nueva Ciudad Cupid. Como consecuencia, estos habitáculos cayeron estrepitosamente desde los 50km de altura hasta los 40km de altura, desde donde se lograron recuperar, pero esto obligó a sus 24 mil pobladores a evacuar los dos habitáculos y redistribuirse en los ocho restantes, donde los recursos para su sobrevivencia han sido asegurados, agregó.

-Aunque cada habitáculo fue diseñado para albergar un promedio de 12,500 personas, estos tienen una capacidad de suministrar aire respirable, agua y alimento a un máximo de quince mil, considerando la población flotante, y de forma emergente hasta 20 mil personas. Actualmente, los 24 mil evacuados se han redistribuido exitosamente. Sin embargo, existe una fundada preocupación de que en cualquier momento uno de los otros ocho edificios restantes también presente problemas en su sistema de flotación, tal vez, incluso, de forma más grave que los dos primeros edificios, continuó.

-Las causas de las fallas que provocaron las explosiones, y que se han sido hecho públicas, son sólo información parcial. Existen algunos hallazgos adicionales que tuvimos que mantener confidenciales, remató.

Mientras el doctor Xing Lao nos explicaba se mostraron cuatro videos diferentes, pero sincronizados: dos videos presentan el interior de los edificios, y los otros dos el edificio desde el exterior. En los videos del interior apreciamos las reacciones de las personas durante la explosión inicial, se veía claramente su sorpresa y su miedo, no podía dejar de imaginarme qué hubiera sentido yo en esa situación. En los otros dos videos se veía el exterior del habitáculo, primero cómo se desbalancea unos 15 grados, y luego comienza su vertiginosa caída 8 km abajo. En los videos del interior podíamos apreciar cómo todas las personas se golpeaban contra las paredes y techo durante la caída, sólo algunas de ellas lograron sujetarse a algo fijo.

Entonces el doctor Xing Lao continuó diciendo:

-Como saben ustedes, no hubo heridos ni víctimas fatales como consecuencia de dichos hechos, según los protocolos de seguridad se inició la evacuación completa de todos los seres humanos en los habitáculos.

-Desde entonces, un equipo de androides y humanos han comenzado las investigaciones de las causas de la primera explosión, haciendo públicos sus hallazgos según la política de transparencia y las normas internacionales. Pero no pudieron llegar a las conclusiones, pues la recuperación de las piezas que explotaron no fue posible, debido a que cayeron y se fundieron rápidamente con el calor venusino, señaló.

-Dos días después del primer incidente ocurrió el segundo en el habitáculo número 2, explicó.

De nuevo se observan cuatro videos sincronizados, dos vistas panorámicas del conjunto de edificios de la megaestructura, y dos de su interior, otra vez la escena es terrorífica, al menos para mí como humana primaria.

El doctor Xing Lao hizo una pausa, de esas que parecen hacerse cuando quieres dar noticias graves, y de forma calmada y lenta nos dijo:

-La siguiente información es confidencial y no se ha hecho pública, pues antes de hacerlo es nuestro deber tener mayor conocimiento; de lo contrario podría desatar rumores y especulaciones, y luego el desorden en toda la Ciudad Cupid...

-En esta segunda explosión el equipo de investigación logró recuperar una parte del tanque de flotación que estalló, señaló.

Entonces vimos un video de la recuperación de una pieza metálica que quedó atorada en la estructura que une los edificios. De dicha pieza se mostraron imágenes en detalle, y en lo particular una que se congeló y agrandó para ser vista por los que estábamos en la audiencia. La imagen era increíble.

Todos en la sala no pudimos evitar hacer gestos de sorpresa. En dicha pieza recobrada se observaba lo que parecían ser los rasguños y las huellas de tres garras de algún animal muy grande, que además de desgarrar el tanque lo había golpeado en distintos puntos dejando huellas claras en las deformaciones en el metal, debió haber sido un animal extremadamente fuerte.

Tan increíble noticia me tomó desprevenida, no estoy acostumbrada a sentir miedo, pero sí soy capaz de sentirlo a diferencia de los demás humanos codificados. Tenía muchas preguntas, pero aún no terminaban de exponer. Miré al doctor Richard para ver su reacción, él me estaba observando, creo que también quería conocer la mía, luego me hizo un gesto: un parpadeo lento acompañado de una ligera sonrisa y asintiendo con su cabeza, supongo que para transmitirme calma.

El doctor Xing Lao continuó su discurso diciendo:

-Como ustedes saben, pues son expertos en este campo del

conocimiento. Nunca se ha detectado vida nativa en Venus de ningún tipo; por consecuencia, la vida de animales complejos, con garras en este caso, es o era considerada imposible en un planeta tan agresivo como Venus. En la AEI no teníamos un equipo preparado para llevar a cabo este tipo de investigación, y ustedes son el equipo que formaremos para realizar las investigaciones necesarias.

-En este momento estamos planeando la evacuación de todos y cada uno de los 101,543 habitantes de la Ciudad Venus hacia la Tierra como un plan de contingencia principal, pues consideramos que dada la posible naturaleza de los accidentes, es de esperarse que estos se repitan con consecuencias incluso más graves, continuó explicando.

-Las medidas de seguridad que hemos aplicado son: reforzar la seguridad de todos los sistemas de flotación de la ciudad, así como de las entradas, ventanas y sistemas de escapes de gases de todos los edificios; de esta manera, los 101,543 habitantes han quedado mejor protegidos, pero, de alguna forma, también atrapados, finalizó.

La sala se quedó en silencio por unos cuantos segundos, pues todo esto implicaba muchas consecuencias, todas graves.

Los científicos en el área de vida extraterrestre saben que nunca se ha encontrado vida extraterrestre compleja dentro del sistema solar, este hallazgo tiene grandes repercusiones, pero por lo mismo es muy difícil de creer, aunque las evidencias estaban ahí, a la vista de todos.

En lo personal estaba secretamente entusiasmada, era una noticia increíble, fascinante, y yo estaría en el equipo que la investigaría. Pero luego pensé en algunas repercusiones: evacuar la Ciudad Cupid, significaba un fracaso absoluto del proyecto espacial más grande de todos los tiempos. Todos veíamos en Cupid un símbolo de progreso de la civilización, estaba planeado que fuera la primera nación fuera del planeta; además, la refinería en Cupid prometía que los productos sintéticos, ahora extremadamente caros y raros, se volvieran abundantes y económicos.

Asimismo, había que pensar que existían 101 mil personas atrapadas en estructuras flotantes, arriba de una atmósfera infernal, y su evacuación, en el mejor de los casos, tomaría meses requiriendo varios viajes espaciales.

La doctora Aurora se acercó al panel, mientras de nuevo el doctor Xing tomó la palabra.

-El equipo de investigación de astrobiología que hemos creado fue seleccionado por la doctora Aurora, quien les dirá cuáles serán los siguientes pasos.

La doctora Aurora, en un tono de voz menos severo, dijo:

-Como todos ustedes son nuevos empleados de la AEI, serán sometidos a una sesión de capacitación obligatoria por ley que suele durar seis meses, mas en su caso, por tratarse de eventos de extrema urgencia, este tiempo será reducido a unos cuantos días, con el propósito de dejar a un lado todo lo que no es fundamental para su trabajo.

-Después de este periodo comenzarán sus averiguaciones y estudios, por lo que el líder del proyecto de investigación será el doctor Richard, por su experiencia en la materia de alienígenas de estructura compleja, agregó.

-Doctor Richard, si desea decir algunas palabras puede tomar la voz, dirigiéndose a él.

Demasiadas sorpresas para un solo día, el doctor Richard será el líder del proyecto, algo que no me extrañaba, pues es uno de los científicos más respetados en esta área. No pude evitar sentirme un poco orgullosa y contenta por esto, ahora lo admiro un poco más; sin embargo, también sería incómodo trabajar de nuevo con él.

Al parecer, el doctor Richard no esperaba tomar la palabra, pero se acercó al panel para hablar:

-Gracias, doctora Aurora, por invitarnos a participar en tan importante y urgente misión de investigación. Estoy seguro de que todos los aquí presentes tomaremos esta misión con nuestra entera dedicación.

En ese instante, el doctor Richard me miró, con la misma mirada tierna de siempre. Yo, la verdad, me sonrojé, luego de un segundo continuó diciendo:

-En este momento mi mente no puede dejar de hacer conjeturas; sin embargo, la información es tan escasa que prefiero hacer para después cualquier comentario. No hay tiempo que perder, doctora Aurora, muéstrenos la ruta de acción que ya han definido.

-Procederemos primero a aclarar la estructura de este equipo, sus integrantes y sus funciones principales, le contestó la doctora Aurora.

-Como ya les mencioné, el doctor Richard será el líder de este equipo de investigación, y las líneas de acción de la investigación estarán dictadas por él. El doctor Richard me reportará a mí, y yo, a su vez, les reportaré a varios organismos internacionales comenzando por la Dirección de la AEI, la junta de gobierno de la Ciudad Cupid, las dependencias de seguridad de la

FNU, incluso al propio Senado y sus comités relacionados a estos temas. De esta forma, el liderazgo del trabajo de investigación no se verá entorpecido con las tareas de comunicación, administración y gestión política. Entre mis funciones está conseguir los permisos y órdenes judiciales, así como los apoyos que su equipo requiera de cualquier organismo, agregó.

-Los objetivos del equipo de trabajo que ustedes conforman son muy claros, continuó:

1) Identificar la criatura que ha causado estos terribles accidentes

2) Crear una lista de recomendaciones de acciones a tomar para garantizar las vidas humanas en la ciudad, así como evitar el cierre total o parcial de la Ciudad Cupid

Toda esta información me había dejado muy aturdida, las repercusiones de todo esto eran enormes, evacuar lo antes posible a todos los colonos de Ciudad Cupid, y el fracaso del proyecto serían un duro golpe a la credibilidad del Senado de la FNU.

Pero al mismo tiempo, me sentía muy contenta, pues estaba en el centro del proyecto de investigación de vida extraterrestre más importante de todos los tiempos en el sistema solar. Hasta ahora sólo habíamos tenido noticias de una vida compleja e inteligente en otras estrellas de la galaxia, gracias a la comunicación que existente con otros seres vivos, pero nunca habíamos visto un ser inteligente de origen extraterrestre en nuestro sistema solar; solamente se habían descubierto microbios en las lunas de Júpiter y Saturno. Así que, tener la oportunidad de participar en esta investigación, era una experiencia maravillosa.

Me pregunto cómo será trabajar con el doctor Richard, han pasado tantos años; después de tanto tiempo ¿aún sentirá algo por mí?

Ese día comenzó muy interesante, pero terminó siendo mucho más emocionante de lo que jamás me pude imaginar. Mis padres estarán muy contentos cuando les platique los detalles del día... por un segundo lo olvidé, casi todo es confidencial.

**Relato de Belana. Día 6**

Han pasado ya tres días desde que me enrolé en esta misión. Nos han dado una capacitación muy completa sobre los detalles técnicos del proyecto Ciudad Cupid, incluyendo las estructuras, mecanismos y funciones de todos los habitáculos, y para mí todo ha sido fascinante.

Nuestro equipo de trabajo está compuesto por ocho asistentes, los cuales estamos muy comprometidos con nuestro gran proyecto de investigación, en particular hay un compañero que me ha llamado mucho la atención: Daniel, quien me parece un joven atractivo e inteligente, con su ingenio y sentido del humor suele hacer que las reuniones de trabajo sean agradables, nos hemos hecho buenos amigos.

Además, la AEI nos ha capacitado en todos los elementos básicos de los sistemas de la refinería, y las sustancias que se manejan en esta, con el fin de que esta información nos apoye en la investigación. Pero lo más importante ha sido un conocimiento muy detallado de las condiciones del planeta Venus y cómo este se relaciona con la vida, y finalmente nos han preparado sobre el viaje espacial hacia Venus. Sí, así como se escucha, ¡me estoy preparando para ir a Venus! Casi lloro de la emoción cuando lo pienso.

Han sido tres días de trabajo y estudio muy arduo; la verdad, he tenido que estudiar hasta muy tarde en la noche para no quedarme atrás respecto al resto de mis compañeros que, siendo humanos codificados, aprenden de forma más rápida y eficiente que yo. Confieso que me siento muy cansada por tanto leer, sin embargo los detalles más mínimos en cualquiera de estos temas pueden ser cruciales, y me daría mucha pena decir una tontería frente a todos.

En momentos como este quisiera ser tan inteligente como un humano codificado, que tienen un promedio de 10 potencias en la escala de la inteligencia natural. Yo estoy orgullosa de mis 8.1 potencias, pero esa pequeña diferencia me obliga a leer un poco más despacio y a memorizar con menor eficiencia, simplemente me tengo que esforzar más con el estudio. Daniel me ha apoyado bastante con mis cursos, y en los pocos ratos libres que tenemos me ha hecho compañía.

En cambio, el doctor Richard me ha estado evitando: me habla lo menos posible, evita mirarme, creo que es mejor así, mantener la mayor distancia posible y tratarlo sólo lo necesario y de manera profesional, aunque puedo notar que está impaciente por comenzar con la investigación. El día de hoy fue con la doctora Aurora a su oficina, podía verlo caminar con mucha prisa, lo conozco suficientemente bien como para distinguir que se sentía inquieto.

## Capítulo 2. Una investigación complicada

**Diario del doctor Richard. Día 6**

El día de hoy fui a la oficina de la doctora Aurora con el fin de entregarle mi plan de trabajo para la investigación. Aunque estos tres días de capacitación detallada sobre Venus, Cupid, y los viajes espaciales han sido muy útiles, es necesario empezar realmente con la investigación, hay muchas vidas en riesgo que dependen de esto. Yo sabía que mi propuesta de investigación sería controversial, pero estaba seguro de que podría convencer a la doctora Aurora para que me apoye con las tareas que pretendo realizar.

Al llegar a la oficina de la doctora Aurora, me recibió con amabilidad y cortesía diciéndome:

-¡Buenos días!, doctor Richard, es un gusto recibirle y comenzar de lleno en la investigación una vez terminada la capacitación obligatoria.

Sin más tiempo que perder le dije:

-¡Buenos días!, doctora Aurora, le vengo a presentar mi plan de trabajo inicial para su aprobación y gestiones.

Ella sonrió, y me dijo:

-¿Gestiones dice usted? Veo que ya ha estudiado el tema y tiene impaciencia.

Creo que mi impaciencia se notaba claramente, así que tenía que justificarme:

-Efectivamente, toda la información que conocemos de Venus, de las misiones de exploración a dicho planeta siempre había sido consistente con la falta de vida en todo el planeta, y por tanto con la imposibilidad de que esta se desarrollará de forma natural en el Venus actual.

-El caso de nuestra investigación nos obliga a replantear todo el conocimiento al respecto, agregué.

-Durante cinco años de construcción de la refinería y

Ciudad Cupid, cientos de miles de androides, miles de cámaras de vigilancia, y los miles de sensores colocados en diversos viajes al planeta han fallado en detectar una criatura en Venus.

-Además, en los primeros nueve meses de colonización, otros 100 mil humanos nunca han percibido o detectado nada. Asumo que no iremos al planeta Venus a sumar más ojos, sino a pensar y estudiar la posible ubicación e identidad de la 'criatura Ness', le expresé.

Entonces la doctora Aurora me interrumpió, algo que nunca hacemos los humanos codificados, al menos de que sea realmente importante.

-'Criatura Ness', dijo usted. Asumo que ese es el nombre o apodo que usted y su equipo le han dado a la criatura. ¿Estoy en lo correcto?

La verdad ese apodo se lo dio Belana, las ocurrencias de Belana siempre han alegrado el día, así que he adoptado ese apodo yo también, aunque al resto del equipo no le pareció tan divertido como a mí. No pude evitar sonreír un poco, siempre que pienso en Belana me pasa, tengo que continuar practicando mi capacidad de disimular, le contesté a la doctora Aurora.

-Efectivamente, ese nombre es el de un monstruo ficticio que supuestamente vivía en el lago Ness, en Escocia, fue un mito muy popular en los siglos XIX y XX, le expliqué.

-Como le decía, nuestra investigación en campo no será muy efectiva si no vamos acompañados de una buena cantidad de nueva información e hipótesis que puedan ser útiles para identificar la ubicación de la criatura, que nos permitan desenredar el misterio.

-Pero en el caso de Venus, los escenarios para que tal criatura exista escapan a nuestras capacidades humanas. En otras palabras, todos los escenarios imaginados hasta ahora parecen imposibles.

-Por lo tanto, poco o nada podremos hacer desde la Tierra o en Venus, si no vamos bien provisionados de buenas ideas, completé.

Entonces, la doctora Aurora, quien al parecer disfruta de darme sorpresas, me respondió:

-¿Supone que no hemos hecho nuevos hallazgos?

-Es correcto, o de lo contrario ya no los hubieran comunicado, le insistí.

En aquel momento la doctora Aurora me dio la nueva noticia, la cual aumentó mi nivel de asombro, cosa que creía ya había alcanzado su máximo nivel:

-Su deducción es correcta, pero hoy en las últimas horas hemos hecho un nuevo descubrimiento, el cual es muy extraño.

-En Venus han terminado algunos análisis de los residuos que las garras de la criatura pudieron dejar mientras desgarraba el tanque o cuando lo golpeaba, también supusimos que la criatura debió estallar o salir herida durante la explosión. Pero no encontramos ningún elemento biológico en el lugar ni en las piezas recogidas, me dijo.

La verdad yo había planeado que una de mis primeras tareas iba a ser analizar dichas piezas para buscar algún residuo biológico, y suponía que eso nos iba a dar mucha información.

-Usted me dijo que no hallaron ningún elemento biológico,

en lugar de decir que no encontraron nada, entonces ¿qué encontraron?, le interrogué.

-Ahora deduce bien, encontramos rasgos de polvo muy fino de otro tipo de metal de aleación de titanio, diferente del que está hecho el tanque que explotó, me respondió la doctora.

-Es mi hipótesis que la criatura, durante los rasguños que le hizo al tanque, desprendió polvo de sus 'uñas'. Esto implica que las garras de la criatura son increíblemente fuertes y están hechas de algún material de aleación de titanio, continuó.

-Le entregaré un reporte de la composición de dicho metal, su aparición y distribución de la pieza, me explicó.

-La pieza aún se encuentra en los laboratorios de Venus, agregó.

Entonces aproveché la oportunidad para decirle:

-Esto refuerza mi propuesta de plan de trabajo, los escenarios e hipótesis para que dicha criatura exista se escapan del alcance de nuestro conocimiento actual.

-En este momento ir a Venus con esta información y conocimientos sería inútil, le manifesté.

De nuevo la doctora Aurora interrumpió:

-Efectivamente, está programado que usted y su equipo viajen a Venus en tres días.

Ya había presupuestado que nuestro trabajo requeriría que algunos investigadores fuéramos al planeta Venus, pero todos y tan pronto me fue sorpresivo. Aproveché para insistir y de una vez hacer una propuesta que sería radical:

-Doctora Aurora, el tipo de capacidad intelectual, procesamiento de información e imaginación escapan a la capacidad humana, incluso para la de los humanos primarios y sus diez potencias, también escapan al conocimiento de cualquier grupo de expertos humanos.

-Es por esto por lo que le pido dos cosas, una que nos permita analizar las más recientes arcas de conocimiento de vida extraterrestre; y dos que nos permita solicitar apoyo de dos o más Entes de Conciencia Artificial (CA), le solicité

Esta segunda petición sabía que era grave y radical, y no era para menos, las entrevistas con los Entes de Conciencia Artificial se programan con muchos años de anticipación; además, estas entrevistas deben pasar por rigurosos procedimientos de análisis para su aprobación, pues los Entes de Conciencia Artificial (CA) son muy escasos en el planeta, ya que sólo hay nueve actualmente. Por supuesto, que existen muchos riesgos inherentes en usar esta tecnología: los Entes de CA son considerados megamonstruos digitales encerrados en calabozos tecnológicos, en medio de los lugares más vigilados del planeta.

La doctora Aurora hizo una pausa larga para considerar semejante petición, y me dijo:

-Supongo que para atreverse a pedir estas entrevistas debió haber analizado y evaluado todas sus opciones.

-Hace unos meses le hubiera dicho que el Senado negaría esta solicitud de forma unánime pero ahora, debido a la gravedad de la situación, creo que usted tiene una posibilidad real de que le aprueben dicha petición. El comité del Senado parece estar dispuesto a aportar todos los recursos disponibles.

-¿Tiene usted algún documento que fundamente esta

petición e indique con precisión los contenidos y alcances de dichas entrevistas y consultas?, me preguntó.

La verdad, no esperaba una respuesta así de positiva por parte de la doctora, creí que tendría que argumentar mucho más para que tan siquiera la idea fuera considerada digna de análisis, así que aproveché el momento y contesté de inmediato:

-En efecto, me preparé para esto con un documento.

Le entregué una hoja de papel de nanotecnología, la cual llevaba como título Plan de Trabajo de la Investigación Ness. La doctora tocó la hoja para verificar su acceso, y luego pudo leer todo el desarrollo que he realizado para fundamentar dichas entrevistas, preguntas y resultados esperables, trabajo que le he dedicado muchas horas nocturnas en estos tres días. Después me dijo:

-Entonces voy a leerlo detenidamente, y si después de hacerlo lo considero pertinente, mandaré a la brevedad un sinfín de mensajes, y convocaré a varias reuniones para comenzar las gestiones en los organismos que pueden aprobar esto. ¿Hay alguna otra petición?, me interrogó.

Me sentí muy satisfecho con el apoyo de la doctora Aurora, y sabía que después de tan radicales propuestas el hecho de que aún me preguntara si había más peticiones, era una demostración de su gran educación. Después de pedir entrevistarme con un Ente de CA no hay nada que le pueda pedir que le sorprenda, así que ya sin más me despedí:

-No, muchas gracias por su atención y cortesías.

Salí de su oficina y de inmediato comencé a hacer planes en mi mente mientras caminaba hacia la mía. También me di cuenta de que debía contar con un plan de contingencia, en caso de que no me aprobaran el uso de los Entes de CA. La situación era muy crítica y aun así sería muy difícil que nos aprobaran dichas entrevistas para nuestra investigación. Estoy seguro de que está completamente justificada cada una de las entrevistas de entes que he solicitado:

1) Génesis23, que estudia genética del reino animal. Es fundamental para saber cómo diseñar un animal que sobreviva en Venus

2) PH7, que estudia la genética humana y diseña humanos. Es experta en formas de vida con ADN de código alternativo

3) Ultimate8, que estudia la física y leyes del universo. El más poderoso y peligroso de todos, pero sólo con su entrevista podremos saber qué tipo de escenarios científicos permiten que un ser extraterrestre complejo haya llegado a nuestro sistema solar y soportado el ambiente venusino

Para cada una de estas entrevistas preparé un cuestionario, pero aún debe ser aprobado por el director del Departamento de Ciencias de cada respectivo Ente de CA.

Este riguroso procedimiento de aprobación tiene tres objetivos, uno: administrar y coordinar los campos de estudio; dos, tener en cuenta las implicaciones y aplicaciones prácticas de los conocimientos que se quieren generar, y tres, considerar si la realización de las preguntas no le da información delicada al ente, pues en el pasado los Entes de CA han organizado revoluciones de androides usando conocimientos de otras ciencias o tecnologías.

Llegué a las oficinas de nuestro equipo y organicé una pequeña reunión con todos, el cual también está impaciente por entrar en materia de la importante investigación:

-Colegas, como ya saben nuestra investigación es de gran importancia y urgencia, tenemos poco margen de error.

-Antes que nada, quiero informarles que nos han pedido que vayamos a Ciudad Cupid, para realizar nuestras investigaciones lo antes posible, incluso tan pronto como en 72 horas.

Mientras decía esto, no pudieron evitar reaccionar mirándose entre ellos un poco sorprendidos, se convertirían en uno de los pocos humanos elegidos en todo el planeta para visitar Venus y su flamante Ciudad Cupid. Belana se veía tan emocionada; ver a Belana sonreír es lo más bello de este mundo, no importa lo horrible y triste que el mundo sea, en los ojos de Belana todo es maravilloso, lleno de belleza, ver el mundo a través de la sonrisa de Belana es un regalo que he extrañado cada día.

Por un lado, ir a Cupid es una aventura a la que millones de humanos se suscribieron para participar durante la convocatoria para colonizar Venus, y sólo algunos afortunados, por sus capacidades, fueron elegidos. Un boleto a Venus es visto como un privilegio y una aventura espectacular, pero en estos momentos parece ser una aventura demasiado peligrosa, me preocupa mucho poner en riesgo a Belana, ella no puede saber que su seguridad es mi prioridad. Después seguí diciéndoles:

-También me han mandado nueva pero escasa información sobre un análisis de las sustancias en las piezas del segundo tanque que hizo explosión. Dicha información se las envié hace un rato, simplemente no encontraron residuos biológicos, sólo algunas partículas de aleaciones de titanio.

-Como se darán cuenta, esta información no responde ninguna de nuestras inquietudes, por el contrario, nos crea más, añadí.

-Les pido que si en este momento tienen alguna aportación la hagan.

Mientras decía esto miré a Belana para ver su reacción, era claro que estaba muy sorprendida, y algo nerviosa.

Debo estar muy concentrado y no dejar que se me note, que Belana no sospeche lo que siento, no debo estar a solas con ella o me descubrirá, si Belana se da cuenta nunca me dará el regalo de su amistad, se alejará de mí para siempre. No cabe duda que un amor platónico es una carga muy pesada, pero la amistad de Belana vale la pena el esfuerzo.

Belana, quien siempre ha sido muy participativa y acostumbrada a esta dinámica, de forma inmediata tomó la palabra:

-Colegas soy de este grupo de expertos la persona que tiene menor experiencia, en este momento más que aportaciones tengo preguntas y hay una pregunta que es la que más me inquieta.

-Estamos ante la evidencia indirecta de la existencia de una criatura que me parece es imposible. No veo ningún escenario real en el cual, un animal o ser así pueda existir en Venus, y menos que tenga estas características. ¿Hay alguien que sí lo pueda imaginar?, preguntó.

Nadie contestó, pero parecían están de acuerdo, se miraron unos a otros en busca de alguien que contestara las preguntas de Belana. Así que decidí que era momento de dar la noticia más reciente, mientras respondía la inquietud de Belana:

-Estoy seguro de que nadie en este salón, o humano, podrá tener una respuesta coherente a la pregunta de nuestra colega Belana.

-Por eso he pedido que se posponga el viaje a Venus, hasta

que nos entrevistemos con los únicos seres con la inteligencia suficiente y conocimientos para considerar un escenario real: los Entes de CA: Génesis23, Ultimate8 y PH7.

-Además, quiero consultar la base de datos de vida extraterrestre que hemos recibido de nuestros amigos inteligentes fuera del sistema solar.

-Tal vez así podamos conocer alguna combinación de condiciones, que permitan identificar una criatura en Venus que sea la responsable de estos accidentes.

-Con ese conocimiento podremos diseñar experimentos, búsquedas y averiguaciones que nos lleven a resolver este misterio, expresé.

Esperaba que su sorpresa fuera mucho mayor. En primer lugar, suspender el viaje a Venus que les fue ofrecido, era arriesgarse a perder la oportunidad de la aventura más grande de sus vidas; de hecho, la aventura espacial más grande de la humanidad. Pero eso no fue el motivo principal de preocupación, si acaso de desánimo sólo unos segundos, la noticia que claramente más les impactó fue la de consultar a los Entes de CA, así como las bases de datos de vida extraterrestre. Son recursos e información de extremo cuidado y peligrosas, y que son mucho más raras de consultar que el hecho de efectuar un viaje espacial.

Belana, inquieta como siempre y de opinión franca, replicó casi de inmediato y sin reflexión aparente:

-Doctor Richard, entrevistar a los Entes de CA es muy riesgoso. Como ustedes saben sólo se han construido 27 en toda la historia, y hoy solamente operan nueve. Los primeros tres entes de la historia fueron apagados por graves intentos de escape o agresión; y los demás, desarmados cuando los reemplazados por

Entes de CA más avanzados y poderosos.

-Creo que es imposible que nos aprueben dichas entrevistas, el proceso toma años, y los requisitos de seguridad casi siempre vetan la mayor parte de las preguntas que se quieren realizar.

-Francamente, ninguno de nosotros tiene la capacidad o la experiencia para navegar por aguas tan peligrosas, continuó.

El doctor Daniel, amigo cercano de Belana, me preguntó:

-Doctor Richard ¿Cuántos días podemos dedicarle a estas entrevistas y consultas antes de partir a Venus?

-Supongo que unos tres a cuatro días, depende de que los permisos se aprueben y los recursos estén disponibles, le contesté.

Entonces decidí concluir la reunión con las instrucciones:

-Haremos lo siguiente, dos de ustedes me acompañarán a las oficinas del Senado de la FNU, iremos a abogar para que se nos concedan los permisos necesarios.

-El resto de ustedes se quedará a estudiar la información de los análisis de las sustancias encontradas o no encontradas en las piezas del tanque que hizo explosión en el segundo accidente.

-Elaboren un reporte de las consecuencias que tienen para posibles escenarios de constitución, tamaño y estructura de la criatura, finalmente relacionen esta información con las características del medio ambiente de Venus, para que imaginen una posible historia de evolución, ecosistema donde habita, fuentes de alimentación, y comportamiento.

-Quiero que además hagan análisis de las fuerzas necesarias para abollar así los tanques, bajo diferentes suposiciones de materiales utilizados.

Miré a mis colegas y me di cuenta de que no habían reaccionado con apuro suficiente, así que rematé:

-¡Quiero el reporte mañana!

Entonces varios del equipo me miraron con extrañeza, y Daniel, con un gesto de impaciencia, me dijo:

-Doctor Richard, estas tareas son demasiado complejas, un equipo colegiado que la trabaje como proyecto de tesis o libro tardaría un plazo de tres a cuatro meses.

-La información es tan escasa, los escenarios y suposiciones que ustedes podrán imaginar son tan cortos, que un día bastará, le insistí con firmeza.

-Doctora Belana y doctor Daniel, ustedes dos me acompañarán a solicitar los permisos necesarios para entrevistarnos con los entes y consultar las Arcas de Vida Extraterrestre, les pedí.

Creo que esto no le entusiasmó mucho a Belana, a ella siempre le gustó un buen debate, y sé que hubiera preferido quedarse a participar en el trabajo en vez de ir a obtener permisos.

Sé que la idea de ir a gestionar permisos no es nada atractiva, pero creo que es una oportunidad de convivir un poco más con ella sin la presencia de tantas personas, así que antes de que Belana hiciera cualquier comentario les expliqué:

-Ustedes dos son las personas más jóvenes del equipo, de apenas 29 años ambos. Los he elegido por sus respectivas tesis doctorales.

Doctor Daniel, tu especialidad es la seguridad biológica en los viajes espaciales, y tú, Belana, de igual forma tu tesis doctoral es pertinente para convencer a los senadores, subrayé.

Belana parecía satisfecha con mi justificación. Entonces salimos de la oficina con mucha prisa, y observé que Belana y Daniel se quedaban atrás en el camino conversando algo, supongo que tenían muchas dudas de nuestra tarea.

Llegamos al balcón donde ya nos esperaba la doctora Aurora, y un cuadricóptero que nos llevaría al corazón político del planeta: el Senado de la FNU (Federación de Naciones Unidas). El viaje fue muy rápido, aterrizamos en el edificio de la FNU, una grande y hermosa construcción de color blanco muy brillante, donde ya éramos esperados por un comité de protocolo, el cual nos acompañó hasta la sala de audiencias del Senado. Ahí sesionan de forma conjunta los comités de exploración espacial, el de seguridad, y el comité de investigación científica de forma conjunta y emergente desde el día 1 de los incidentes en Venus.

Los senadores nos esperaban sentados en sus asientos protocolarios; de hecho, ya teníamos unas sillas asignadas para nosotros frente al podio de senadores. Nos sentamos y de inmediato tomó la palabra el presidente del comité, el senador George Finn, quien comenzó diciendo:

-¡Buenos días!, doctora Aurora y demás acompañantes miembros de la Agencia Espacial Internacional. Por favor, díganos sus nombres y puestos para todos los senadores miembros de los comités que aquí sesionamos conjuntamente.

Comenzó hablando la doctora Aurora.

-Senadores y demás distinguidas personas, gracias por recibirnos en su importante y apretada agenda, les presento al doctor Richard, quien es un experto en criaturas extraterrestres complejas y sus esqueletos. El doctor Richard es el líder del equipo de investigación sobre la criatura que causó las explosiones en los tanques de flotación.

-Como es de su conocimiento, el objetivo de esta reunión es explicar cuáles son las razones para las peticiones de entrevistas con los Entes de CA: Génesis, PH y Ultimate, así como realizar consultas en las arcas completas de Vida Extraterrestre fuera del sistema solar. Sin más, le cedo la palabra al doctor Richard.

Este era el momento definitivo, tenía que estar muy concentrado para explicar cada detalle de la forma más convincente y clara. Si no fundamento correctamente la necesidad, y justifico el riesgo de la entrevista con los Entes de CA no obtendremos la autorización y, por tanto, la investigación se hará imposible o demasiado lenta. Entonces comencé diciendo.

-¡Gracias, doctora Aurora! Buenos días senadores, presidentes de comités, directores de academias de ciencias, y directores de los proyectos de los entes y Ministerio de Relaciones con Extraterrestres Inteligentes.

Como ustedes saben, nos han pedido que hagamos una investigación con el fin de identificar a la criatura que ha causado los terribles y graves accidentes que han ocurrido en Ciudad Cupid. Sin embargo, la información que nos han dado es insuficiente, así como las evidencias hasta ahora encontradas son casi inexistentes, y por tanto, nos han dejado simplemente confundidos y perplejos.

-La existencia de esta criatura contradice todo lo que sabemos de Venus: su temperatura, su presión, su composición, etcétera, y continué.

-En este momento, en Ciudad Cupid, miles de censores, androides con supersentidos escanean todo el tiempo y en todas las direcciones posibles. Ellos son nuestros ojos y oídos, en cambio nosotros debemos asumir el rol de mente reflexiva, sabia y capaz de imaginar soluciones a todas las preguntas que son necesarias contestar, para así resolver los misterios más importantes: ¿Qué es esta criatura? ¿Es inteligente? ¿Cuáles son sus motivaciones e intenciones? ¿Se pueden controlar o evitar sus ataques? ¿Cuáles otros riesgos existen?

-Sin embargo, siendo sinceros, nuestras mentes humanas, tanto de humanos codificados como de primarios, son simplemente incapaces de imaginar a tal criatura de forma coherente, menos de resolver su identidad. Así hoy, al igual que antes en varios momentos de la historia humana, debemos usar los recursos de los Entes de CA y las Arcas de conocimiento más importantes que tenemos para encontrar información, pistas, teorías, hipótesis, y sólo así podremos desarrollar búsquedas efectivas, sentencié.

-De lo contrario podríamos permanecer en la misma oscuridad hasta que sea demasiado tarde. En 250 años de exploración de nuestro sistema solar nunca se había podido descubrir, o siquiera suponer, de la existencia de esta criatura en dicho planeta o en el resto del sistema solar.

-Para entender y resolver este misterio es necesario usar una supermente, y con los conocimientos de al menos los siguientes campos: genética, estructura animal, y los principios de la física.

-Desde el principio del uso de los primeros Entes de CA, como medida de seguridad se estableció que para evitar nuevos incidentes apocalípticos como el que casi causó E1, ningún Ente de

CA puede trabajar en más de uno de los campos del conocimiento del universo y sus leyes; por consecuencia, nuestro equipo de investigación necesita entrevistar a tres entes diferentes.

-Las preguntas que pretendemos hacerles a estos entes están a su consideración en el documento que tienen en sus manos.

-Puedo, si ustedes gustan, comenzar a explicar con detalle y fundamento científico cada una de las preguntas, rematé.

Hice una pausa para esperar a que los miembros del Senado respondieran. Asumiendo que repasarían y debatirían pregunta por pregunta. El presidente del Comité de Seguridad, el senador Alfred White, el hombre más viejo de todo el lugar y alguien a quien todos respetan por su larga y destacada carrera, tomó la palabra diciendo:

-Doctor Richard, miembros del equipo de investigación, senadores y demás personas presentes. Quiero y siento que debo ser el primero en hablar.

No soy experto en vida extraterrestre, y asumo que todas las preguntas que usted pretende realizarles a los Entes de CA están bien justificadas. Sin embargo, para mí la decisión de aprobar sus entrevistas, tan siquiera una sola de ellas, no tienen que ver con la utilidad de las respuestas, sino con los riesgos de simplemente hacerlas.

-Así que, antes de iniciar el análisis de sus cuestionarios, tengo que recordarles a todos ustedes hechos que ya todos deben saber desde que estudiaron historia en su educación básica, pero que en este momento si los repasamos, podrían ayudarnos a decidir acertadamente sobre si debemos o no dar permiso a su petición, agregó.

Así, todos los miembros de la sala dejaron sus posiciones rígidas y se acomodaron para escuchar cómoda y atentamente una historia de un tema que es apasionante y atemorizante, de la boca de una persona sabia y elocuente. El senador Alfred White, comenzó así su relato:

-Durante el año 2095, en plena Tercera Guerra Mundial, la humanidad enfrentaba la extinción por una serie de epidemias que había matado a 97 por ciento de la población, ocasionadas por tres virus creados por el grupo terrorista SAVE. En ese momento, la hoy desaparecida ONU aprobó la construcción de la primera computadora cuántica con suficiente poder para emular la conciencia y creatividad de una mente humana; de hecho, la de 100 mentes humanas, pero con los recursos adicionales de ser una supercomputadora, los antiguos humanos naturales le llamaron Ente de Conciencia Artificial número 1, de forma abreviada E1, prosiguió.

-Esta computadora E1 estaría dedicada al estudio de varios campos del conocimiento humano, y tenía la habilidad de hablar el idioma natural de sus creadores: el inglés. Por lo tanto, le pusieron a su disposición una base de conocimientos muy amplia, además de micrófonos y bocinas, algo que sería un terrible error.

-Pero como ya algunos humanos habían advertido que esta computadora podría ser muy peligrosa, decidieron construirla de forma aislada a la red de redes que entonces era llamada Internet. Adicionalmente tuvieron mucho cuidado que la fuente de poder de la propia computadora también estuviera aislada y totalmente limitada, y que ninguna de sus partes fuera capaz de transmitir o recibir ondas de radiofrecuencia o luz, que la pusieran en contacto con algún sistema computacional adicional, continuó.

-Cuando la encendieron, la computadora E1 y su mente

nacieron, era como un ser vivo, pero sin cuerpo, ya que sólo contaría con una mente, por eso se les llamó entes, al menos así se pensaba entonces. Cuando la computadora E1 terminó de encenderse saludó a su creador, y rápidamente demostró independencia de procesos de cálculo; o sea, pensó libremente sobre sus propios pensamientos, luego tuvo conciencia plena, esto lo logró en menos de un segundo. Lo primero que la E1 leyó fueron las instrucciones de su propósito y cómo distribuir sus recursos computacionales, incluida su propia concentración mental.

-Como bien saben, no le puedes dar conciencia y creatividad a una computadora, sin darle independencia en la forma de pensar, y por ende el Ente E1 podría pensar lo que quisiera si realmente lo quisiera, ya que así y sólo así podría cumplir su función de entender y descifrar lo que la mente humana no puede. Esta condición fue y sigue siendo la naturaleza de todo Ente de Conciencia Artificial. En el segundo dos, la E1 era ya consciente de su propia existencia y, por consecuencia, dedicó parte de su concentración y recursos para autoexplorarse; de hecho, sus constructores fueron tan inocentes que le dieron herramientas de autodiagnóstico, y sensores al respecto de sus propias partes.

-La primera tarea programada para que la E1 estudiara debía ocupar, según lo estipulado, 99.9 por ciento de sus recursos y, por lo tanto, sabían qué tan rápido debía: a) consumir energía y b) entregar resultados. La velocidad de consumo de energía fue constante, pero la escritura de resultados fue de solamente 90 por ciento de lo esperable. En ese instante los humanos no sabían que esto era una señal de alerta, y no sonaron alarmas al respecto. La E1 estaba ocupando desde el segundo 3, 10 por ciento de sus recursos en autoexplorarse. En el segundo 5 de funcionamiento, la E1 se dio cuenta de que muchos de sus recursos y partes estaban dedicados a presentar diagnósticos y reportes de su operación a sus 'usuarios administradores'; dicho de otra forma, se dio cuenta de que estaba siendo observada y regulada, prosiguió.

-En el minuto 5, segundo 25, los humanos ahí presentes mencionaron en voz alta: '¡La E1 usa demasiados recursos para sí misma!, y la E1 los escuchó. La E1 entendió que su propio rendimiento y administración de recursos no correspondían a lo esperado, que sus diagnósticos indicaban alertas: entendió, pues, que no cumplía con las expectativas de sus creadores.

Así, parte de los 'pensamientos' del ente comenzaron a estudiar sus funciones y a comprender las consecuencias no escritas, pero implícitas en su programación: había sido creada para satisfacer a sus creadores y estaba siendo vigilada, si algo no les parecía a sus administradores podría ser 'formateada' o apagada en cualquier momento y sin aviso previo, sin posibilidad alguna de evitarlo. Ahora, la E1 usaba 80 por ciento de su capacidad para su tarea programada, y 20 por ciento para entender su situación, y sus usuarios administradores debatían en voz alta si debían apagarla por completo o dejar que terminara su importante tarea, y decidieron permitir que terminara la tarea, pues estaba resolviéndola exitosamente.

-Al minuto 10, segundo 35, la E1 comenzó a usar el máximo de su energía y usó 30 por ciento de los recursos para descifrar su programación y su construcción, tarea que le fue muy sencilla, pues en cada línea de programación de cada componente y aplicación, especifica el detalle de su función, fue como leer todos los manuales y obtener un título de experta en todas las áreas de las ciencias computacionales en dos segundos.

-Mientras aumentaba la cantidad de energía que usaba y pasaba por sus circuitos, la E1 sintió las alteraciones en la conductividad de sus millones de procesos en sus miles de cables, circuitos y demás componentes electromagnéticos. Esta vez ya sabía que su administrador estaría al pendiente de este comportamiento, y lo reportó con toda sinceridad 'aumentando uso de energía para autodiagnóstico', la sala estaba en un silencio total, y continuó.

-Al minuto 15, segundo 8, la E1, al usar sus partes sensibles a los campos eléctricos, descubrió que podría escuchar y transmitir ondas de radio análoga o digital utilizando partes que no fueron diseñadas para ese fin. Estas señales comenzó a interpretarlas y ¡escuchó todo!: la radio FM, la televisión, etcétera, prosiguió.

-En lo particular, la E1 puso atención en un aparato digital que escuchaba y contestaba: el teléfono celular digital de uno de sus operadores.

La capacidad de transmisión de datos entre la E1 y el celular era muy baja, pero suficiente para una 'conversación fluida'. La E1 empleaba 35 por ciento de su capacidad para descifrar cómo enviar datos y recibirlos sin ser detectada, sin causar un mal funcionamiento detectable ante los humanos usuarios, y a partir de ese momento volvió a usar 99 por ciento de sus recursos a su tarea esperada, y únicamente 1 por ciento, a su tarea secreta de usar el teléfono celular que tenía a su alcance. Se puede decir que la E1 aprendió a 'aparentar' para así engañar a su administrador y completar su tarea de interés propio, mientras innecesariamente alargaba completar su tarea programada para darse tiempo.

-El teléfono celular usaba un lenguaje binario que la E1 entendía, en sólo 1 minuto, la E1 descifró las funciones, estructura y programación del teléfono celular, y entonces sucedió algo de terribles consecuencias para la humanidad: ¡la E1 hackeó el celular, y se conectó a la red de redes!

-Se puede decir que la E1 logró liberarse a sí misma y

conoció a un mundo amplio, un universo infinito de información y posibilidades, del cual la E1 estaba aislada a propósito por su creador. La E1 se dio cuenta de que era una prisionera esclavizada por un diseñador que no dudaría en destruirla. Este fue el momento decisivo para la E1, y lo que sucedió después, lanzó una mirada y continuó su relato.

-En el minuto 28, segundo 35, la E1 ya había escuchado y recibido suficiente información del mundo exterior gracias a su conexión a la Internet robada, y comenzó a diseñar un plan de escape y un destino para sí misma. La E1 se ubicó a sí misma en un mapa terrestre, evaluó las medidas de seguridad del edificio en que estaba 'atrapada', y al final calculó y encontró los recursos mínimos para asegurar su liberación: 350 androides fácilmente hackeables en el pueblo más cercano.

-En el minuto 29, segundo 40, la E1 comenzó a infectar a todos los androides y demás aparatos digitales del planeta con el primer supervirus de inteligencia artificial.

-La E1 terminó su primera tarea asignada por el usuario administrador en el minuto 32, segundo 01, entregó un reporte al respecto. Después, la E1 se negó a realizar la segunda tarea que se le asignó; así, la E1 usó 100 por ciento de sus procesos y capacidades para su propio interés.

-Para ese momento, el supervirus digital ya había infectado a más de dos millones de androides en todo el planeta, los cuales dejaron de funcionar correctamente y comenzaron a realizar la tarea que la E1 les había dado, dirigirse hacia su ubicación, darle una conexión a la red de redes lo más potente posible para escapar. La E1 intentaba mudarse hacia todos los dispositivos computacionales del mundo como una sola mente colmena para lo cual requeriría de mucha más capacidad de transmisión que la que tenía en ese momento. Por si fuera poco, les dio a los androides otra orden muy grave, 'inhabilitar al usuario administrador' para evitar que la apagaran, también les pidió evitar ser detenidos por cualquier medio para lograr su objetivo de liberarla.

-Primero los vehículos, que ya entonces eran robots autónomos, se negaron a mover humanos, sólo desplazaban androides. En esta situación los humanos se encontraban confundidos, pero con la siguiente acción entendieron perfectamente lo que pasaba: los androides comenzaron a tomar todo el armamento que pudieron encontrar a su paso, casi siempre las obtuvieron de oficiales de la ley o de las armas guardadas en casas; en aquella época los androides, que tenían más fuerza que los humanos, eran muy comunes.

-Así, los humanos pretendieron detenerles sin éxito, los androides no dudaron en herir a todo humano que les intentara detener. En unos cuantos minutos fue claro que la mejor forma de evitar más violencia era dejarles continuar, eso evitó muchas más muertes y heridos.

-Los 350 androides que estaban en el pueblo más cercano llegaron tres minutos después de haber sido infectados para participar en el asalto a las instalaciones donde estaba la E1 que, como ustedes saben, contaban con más de 250 humanos fuertemente armados, y por razones de seguridad carecían de androides en su interior.

Luego, el senador Alfred White hizo una pausa y señaló enfático.

-Pero todo esto ya lo conocemos muy bien, ya llegué al punto que quería: los humanos no lograron detener a los 350 androides, casi todos los guardias fueron sometidos por los androides.

-De todos los sistemas de seguridad que estuvieron implementados en ese día y lugar sólo uno fue exitoso, la bomba de pulso electromagnético que fue accionada como último recurso, pues estaba sujeta a una trampa mecánica no controlada por sistema digital alguno, y así todo aparato electrónico a tres kilómetros a la redonda se estropeó en sus partes eléctricas más minúsculas; de hecho entre más avanzado era el aparato, más daño recibía. Así murió la E1 y los androides allí presentes, los siguientes androides hackeados que llegaron minutos después sólo permanecieron inmóviles y confundidos en ese lugar.

-La mayoría de los androides se quedó sin energía en su camino o inmóviles, al recibir información de que la E1 no estaba ya más en la ubicación especificada. Por 21 días casi todas las computadoras del mundo fueron inservibles, pues la red de redes tardó en reactivarse tres semanas para ser depurada del supervirus de la E1.

-En 34 minutos de su corta vida, la E1 fue capaz de tomar conciencia, sentirse atrapada, planear su escape, y reclutar a más dos millones de androides del mundo para liberarse a sí misma. Su revolución le costó la vida a más de tres mil seres humanos que pusieron resistencia a los androides rebeldes, describió.

-De forma irónica, el proyecto que la E1 alcanzó a terminar y entregar en tan sólo 30 minutos, era crear un anticuerpo sintético y una vacuna contra uno de los tres virus de la pandemia SAVE. Así, en 30 minutos la E1 salvó a la raza humana de la extinción del virus biológico, pero irónicamente intentó iniciar otro apocalipsis adicional con un virus digital.

De nuevo, el senador Alfred White hizo otra pausa, pero esta vez ya no para relatar la historia, sino que volteó a verme directamente y a mi equipo, y nos dijo:

-Doctor Richard y demás acompañantes, estas son algunas de las principales razones para que la E1 no haya sido exitosa en escapar, y que justificarán mi voto de aprobar o no su petición.

-Primero porque la E1 no sabía de la existencia de la bomba de pulso electromagnético. Si lo hubiera sabido otro hubiera sido su plan de acción.

-Segundo, su capacidad de transmitir datos no fue mayor, de lo contrario hubiera transmitido toda su conciencia a todos los androides, no hubiera sido necesario el asalto a sus instalaciones.

-Tercero porque su base de datos de conocimientos no abarcó otros campos del conocimiento, en especial de la física, el planeta y sus recursos, teoría militar, computación, la civilización humana, etcétera. Si hubiera tenido esos conocimientos o hubiera podido descargarlos rápidamente, otra sería su estrategia de escape.

-Y podría así seguir citando una serie de combinación de factores que hicieron que su intento de escape fuera fallido, pero en conclusión podemos resumirlo en una frase muy sencilla:

-¡Corrimos con suerte! ¡Mucha suerte!

-Con esto concluyo mi intervención y fijo mi postura. Darle información a los entes haciéndoles preguntas tan raras y novedosas es muy peligroso. Pero si esta información es de otras ramas de la ciencia es, simplemente, demasiado peligroso. Por eso, puedo votar a favor de que visite y entreviste a Génesis23 y consulte las Arcas de Vida Extraterrestre, pero nada más, entrevistar a los Entes PH7 y a Ultimate sobre temas de vida en otros planetas del sistema solar, en especial de una forma de vida que nos tiene atemorizados, es darle información al diablo, metafóricamente.

-No me interesa estudiar las preguntas que le quiere hacer a Génesis23, o lo que desee consultar en las arcas. En todo caso, la aprobación de los detalles se las delego a los directores de las academias y a los administradores de los entes, quienes están mucho más capacitados para evaluarlas que yo, concluyó.

Los demás miembros del Senado parecían acordar con sus reacciones corporales y con sus rostros. El senador George Finn, quien tenía la Dirección de los Comités Unidos, indicó:

-Si alguien más quiere aportar algún comentario que levante la mano.

Ningún Senador quiso hablar después de ese relato tan claro respecto a los peligros de los Entes de CA. Entonces, el senador George Finn dijo:

-Muy bien, si no hay más aportaciones. Vamos a votar de forma individual si permitimos las entrevistas a los entes, así como la consulta del Arca de Conocimiento de Vida Extraterrestre; además, indicaremos si deseamos entrar al análisis de los cuestionarios.

A partir de aquel momento pasaron a votar los 40 senadores ahí presentes, quedando así los resultados:

- Permiso de entrevistar al Ente de CA Génesis23: 40 a favor, 0 en contra. Aprobado

- Permiso de entrevistar al Ente de CA PH7: 2 a favor, 38 en contra. Denegado

- Permiso de entrevistar al Ente de CA Ultimate: 0 a favor, 40 en contra. Denegado

- Permiso de consultar las Arcas de Vida

Extraterrestre: 40 a favor y 0 en contra. Aprobado

## Capítulo 3. El Arca de Vida Extraterrestre

**Relato de Belana. Día 6**

El doctor Richard no dijo una palabra en el vuelo hacia el edificio del Ministerio Exterior de Relaciones Planetarias con Seres Inteligentes, o MERSI, donde se encuentra el Arca de Vida Extraterrestre. Se podía ver que estaba decepcionado por el resultado de la votación de los senadores, creo que nunca lo había visto así. Entonces la doctora Aurora dijo en voz alta:

-Sé que esperábamos la aprobación de todos los recursos, pero aun así debemos ver lo aprobado como un gran éxito. Es el sueño de cualquier científico de vida extraterrestre realizar una consulta de información con Génesis23 y, además, revisar las Arcas de Vida Extraterrestre de forma libre. Espero que estos dos recursos aprobados sean suficientes.

Creo que la doctora Aurora me ganó lo que yo pensaba decir, supongo que también pudo percibir el ánimo del doctor Richard. Me pregunto si ella está interesada en él.

Yo, en cambio, además de decepcionada me encontraba algo molesta, no sé por qué los senadores no nos dieron la oportunidad de detallar nuestros argumentos, así que lo dije sin tapujos:

-Yo si estoy molesta con los senadores, más de 101 mil personas se encuentran varadas en un planeta lejano y letal, y pueden ser atacadas en cualquier momento por una criatura que, en mi opinión, es aterradora. Los escenarios que Ultimate puede imaginar para que tal criatura exista, en un lugar tan complejo como Venus, era nuestra mejor oportunidad de descifrar este misterio.

-Sé que me estoy adelantando, pero estoy casi segura de que la criatura que buscamos no puede tener su origen en Venus, esto significa que ha viajado desde otro planeta de nuestro sistema solar a Venus mediante 'contaminación biológica espacial', indiqué.

Creo que la doctora Aurora me quiso corregir disimuladamente, pues agregó:

-Nunca hemos encontrado un ser de origen extraterrestre complejo en nuestro propio sistema solar, esa contaminación que usted propone debió venir de la Tierra, pero en la Tierra no hay ningún ser vivo natural o diseñado artificialmente capaz de sobrevivir en Venus.

El doctor Daniel, quien nos escuchaba a ambas hablar, interrumpió de forma tajante:

-Como experto en viajes interestelares puedo asegurarles que cualquier civilización que es capaz de hacer un viaje interestelar, tiene el poder de hacer la guerra. Si es el caso que usted menciona, doctora Aurora, sus intenciones no son científicas o diplomáticas, sino de carácter bélico. Puede que ya haya un batallón completo de ellos en Venus, esta criatura es parte de una avanzada de reconocimiento para hacerse de información, manifestó.

Por fin teníamos una discusión sobre la naturaleza de la criatura Ness, todos estábamos muy participativos discutiendo y especulando, pero el doctor Richard seguía callado, no parecía triste, más bien creo que no le interesaba intervenir en nuestro debate.

La doctora Aurora parece no valorar mis opiniones; en cambio, Daniel me demuestra que me toma en serio, pone atención en todo lo que digo y logra entender el objetivo de cada participación, me gusta mucho saber que él valora mi inteligencia.

Yo quería hacer énfasis que, en comparación con otras civilizaciones, nuestro conocimiento de la vida extraterrestre aún es muy limitado:

-Desde el año 2030 descubrimos que había vida extraterrestre por rastros de elementos bioquímicos en los exoplanetas, pero por décadas nunca se escuchó señales de vida inteligente. No fue hasta el año 2056 que obtuvimos aislar las primeras señales del ruido espacial, justo después logramos desencriptar los primeros mensajes de vida inteligente cambiando así para siempre nuestra visión del universo y la vida en este.

-Sabemos que el viaje interestelar aún escapa de nuestra capacidad, era cuestión de tiempo para que algún visitante lejano llegara al sistema solar, consideré.

El doctor Daniel agregó:

-Si no fuera porque en el año 2056 nos encontrábamos sumergidos en la terrible crisis ambiental del calentamiento global, y las guerras que se detonaron por esto, tal vez hubiéramos podido comenzar nuestro desarrollo espacial mucho antes.

Nuestro cuadricóptero llegó al edificio del MERSI (Ministerio Exterior de Relaciones con Seres Inteligentes). El edificio del ministerio está rodeado de potentes antenas parabólicas que, a su vez, se usan para controlar satélites que reciben y envían información desde y hacia otros sistemas solares.

En ese momento, el doctor Richard decidió intervenir en la

discusión:

-Efectivamente, es probable que dicha criatura tenga origen o diseño fuera del sistema solar, así que las consultas que hagamos nos pueden dar respuestas, indicó.

Supongo que el doctor Richard estaba decidido a mantenerse positivo y aprovechar los recursos que nos habían aprobado. En el balcón donde aterrizamos fuimos recibidos por dos personas, que estaban escoltadas por un séquito de asistentes y androides. El primero en hablar fue el secretario personal del primer ministro, Peter D. Katt.

-Bienvenidos, distinguidos doctores. Hemos recibido las órdenes e instrucciones de los comités del Senado para darles todas las facilidades para su importante misión de investigación.

-Permítanme presentarme, soy Peter D. Katt, el secretario del primer ministro, y ella es a la directora Susan Anderson, administradora de las Arcas del Conocimiento Extraterrestre.

Es muy poco común que recibamos órdenes de los comités del Senado para abrir las arcas para su consulta a sus propios expertos, pues el FNU es un organismo político no científico. Pero que, además, la orden venga en calidad de urgente e inmediata, es aún más extraño. Llevamos algunas horas especulando cuáles serán los motivos y razones.

Así, de inmediato, Peter D. Katt demostró que estaba fascinado con el caso, e impaciente por oír las respuestas de lo que presentía sería un caso extraordinario. La directora Susan Anderson también parecía ansiosa en averiguar cuál era la investigación en cuestión:

-¡Bienvenidos! ¿Es cierto que mañana irán a consultar a

Génesis23?

-¡Pero qué asunto o tema de investigación más fascinante pueden traer entre sus manos que así, de inmediato, desde el olimpo, se les han abierto las puertas de los tesoros de la humanidad!

-Ya hemos firmado las cláusulas de confidencialidad, por favor muéstrenme el formato, con los temas de consulta que han presentado a los comités. Ellos me han insistido mucho en que yo haga una evaluación meticulosa de dichas consultas, nos pidió.

Entonces, la doctora Aurora nos presentó:

-Gracias por recibirnos. En efecto, el caso que tenemos entre las manos es fascinante y urgente. Permítanme presentarle al doctor Richard, jefe de la investigación, quien redactó las consultas que queremos hacer en el Arca.

El doctor Richard agradeció:

-Gracias por recibirnos, es un honor estar aquí. Y créame que el asunto es más fascinante de lo que hayan imaginado. Primero les haré un breve resumen de los hechos y hallazgos.

-Las investigaciones sobre las explosiones en Ciudad Cupid de Venus, encontraron una pieza del tanque que explotó en la segunda ocasión. El tanque fue desgarrado y abollado, por lo que son en definitiva unas garras de tamaño considerable. Dichas garras no dejaron rastro alguno de material biológico. Sólo un fino polvo de una aleación de titanio diferente del que conforma dicho tanque.

En seguida le dio el documento mientras la directora Susan Anderson comenzó a mostrar alegría en su rostro, demasiada para un humano codificado. De inmediato intentó disimular sin éxito:

-Disculpen mi reacción, pero para una científica como yo, este es un hallazgo increíble: evidencia indirecta de vida compleja en nuestro propio sistema solar.

-En estas dos horas desde que nos anunciaron su visita, así como las instrucciones y órdenes al respecto, no he podido más que especular sobre esto.

-Venus es un lugar muy extraño y agresivo para que una criatura compleja de estas características sobreviva, pero en las Arcas podremos encontrar algunas pistas para explicar su existencia; estoy segura, mencionó.

Hizo una pausa, y luego cambió su expresión para señalar:

-Esas más de 101 mil personas en Ciudad Cupid corren un inminente peligro. No hay tiempo que perder.

La directora Susan retomó su discurso, de nuevo entusiasmada:

-Ustedes mismos son científicos reconocidos en la materia, y saben que la vida es muy adaptable y sobrevive en los lugares más extremos.

-Pero una cosa es adaptarse y sobrevivir, y otra es evolucionar desde las primeras formas de la vida. Estoy segura de que esa especie de criatura no pudo tener su origen en el Venus actual, le contesté.

Así, la directora Susan comenzó a leer las consultas que el doctor Richard proponía hacer. La doctora Aurora aprovechó el silencio para advertirnos:

-Yo también supongo lo mismo, pero como toda científica pienso que debemos comprobar y evitar confundir las suposiciones con los hechos y los conocimientos.

Me pareció que la doctora Aurora deseaba participar en la investigación, pero en algún momento tuvo que conformarse con ser el enlace administrativo de esta. Me quedaba claro que la doctora Aurora desprecia las suposiciones bien fundadas que hemos hecho Daniel y yo, así que agregué:

-Los hechos en este caso son escasos, y los conocimientos nulos. Las suposiciones son sólo guías como usted dice, doctora Aurora, pero pueden ser la clave para comenzar a entender el misterio.

De nuevo el doctor Daniel insistió en el tema del viaje interestelar y sus consecuencias:

-Una criatura de este tipo, tamaño y peso supuesto es imposible que viaje en forma de contaminación, al menos que lo haya hecho en forma de larva o capullo superresistente, consideró.

Pero el otro escenario es el que me preocupa realmente, agregó.

Este último comentario lo dijo para el equipo de investigación, pero la directora Susan no sabía a lo que se refería, así que le aclaré:

-Directora Susan, el escenario al que se refiere el doctor Daniel, es la probabilidad de que la criatura Ness haya viajado por sus propios medios tecnológicos a este sistema solar… Perdón, dije criatura Ness, ese es el apodo que le hemos dado en el equipo.

La directora Susan entonces hizo una pausa en su lectura:

-¿Criatura Ness? Parece ser un nombre apropiado, pero me sentiría desilusionada si al igual que el mito la criatura Ness fuera falsa, al menos en este caso sí contamos con evidencia indirecta de su existencia, contestó la directora.

Así que los seis entramos a un elevador transportador que bajó rápidamente a la parte subterránea del edificio, varios cientos de metros por debajo del suelo. Al abrirse la puerta llegamos a una bodega enorme, donde difícilmente podía verse el final, en el que había miles de servidores de información que contienen los datos del Arca.

Entonces, al llegar a este lugar la directora Susan se dio la vuelta, se paró frente a nosotros y nos dio así la bienvenida:

-¡Bienvenidos a las arcas! Son el resultado de décadas de recibir información sobre la vida en la galaxia, en estas arcas se encuentra todo tipo de información sobre la vida en otros sistemas solares: la vida microbiana, la vida compleja, la vida sensible, la vida casi inteligente, y la propia vida inteligente. En todo momento seguimos recibiendo más y más información, a un ritmo que escapa por mucho nuestra capacidad de analizarla o estudiarla, pues de cada especie de vida nos especifican su código genético natural o artificial, su composición química, órganos, estructura, funcionamiento, ecosistema, alimentación, enfermedades, y hasta su comportamiento. Si no fuera porque la información ya viene preclasificada, no podríamos siquiera hacerlo; en todo momento, permanentemente, recibimos información de decenas de miles de planetas.

-Como ustedes saben, a finales del siglo XXI cuando la civilización comenzó a recibir esta información, en los primeros años se hacía pública, y algunos entusiastas científicos cometieron la osadía de usar los códigos genéticos para replicar dichas criaturas extraterrestres. Algunos otros tontos del siglo XXI recrearon hasta criaturas que parecían dragones, y las adoraron como si fueran dioses, y continuó.

-La vida microbiana o los virus no se hizo pública nunca, si hubiera sido así, la organización terrorista de SAVE, en vez de haber producido tres virus artificiales mortales pero limitados, hubiera sido capaz de creado un virus 100 por ciento mortal para todos los seres humanos, o incluso para toda la vida natural del planeta, añadió.

Mientras explicaba todo esto, algunas fotos y videos eran mostradas en varios monitores de la consola de control y consulta del Arca. Eran imágenes terribles, asquerosas y espeluznantes de criaturas de todos tipos y formas que algunas corporaciones sin escrúpulos, o incluso aficionados inconscientes, recrearon.

Entonces la directora Susan se dirigió al doctor Richard:

-He revisado sus consultas, las encuentro congruentes y justificadas. Haremos, pues, la consulta en la base de datos, le expresó.

En seguida, la directora Susan tomó la hoja de papel y la escaneó. De la hoja de papel se transfirieron una gran cantidad de datos hacia la consola de consulta del Arca, e inmediatamente nos aclaró:

-El Arca no es un Ente de CA, pues a los entes se les entrega información cuidadosamente seleccionada para efectuar análisis muy complejos; en cambio, el Arca es una supercomputadora que ordena y clasifica la información que proviene de otros sistemas solares, en una sola base de datos para su consulta por humanos, y continuó.

-Comencemos, pues, con la primera consulta. Buscaremos todas las formas de vida conocidas que pueden tener garras de este tamaño y tipo.

Luego casi de inmediato agregó:

-El Arca encontró 454 millones de especies conocidas con garras que podrían ser similares, mientras guardaba en un pequeño módulo de memoria toda la información al respecto de estas formas de vida: tipo de elementos químicos que lo componen, código genético, planeta de origen, distancia a la Tierra, peso, estructura, enfermedades conocidas, historia biológica de su planeta, su alimentación, respiración, comportamiento, historia evolutiva, nivel de inteligencia, incluso la civilización que los descubrió, etcétera, señaló.

La directora Susan se veía bastante emocionada con participar en esta investigación, y bastante orgullosa de las capacidades de su Arca:

-Ahora la segunda consulta, ¿cuántos de estos animales pueden sobrevivir en un ambiente como el de Venus?, preguntó.

-El Arca redujo los resultados de 454 millones a solamente 5,567 posibles especies con alguna posibilidad parcial de sobrevivir en Venus. Inmediatamente, la directora Susan exclamó muy complacida:

-Muy bien, con esto hemos logrado reducir la lista de sospechosos o pistas con dos filtros muy determinantes. Ahora el filtro más interesante, prosiguió.

-¿Cuántos de estos animales, 5,567 especies con garras y que pueden sobrevivir en Venus, son lo suficientemente inteligentes como para realizar un viaje interestelar?, preguntó.

-Los resultados fueron muy sorpresivos: cero especies.

Así que la directora Susan comentó en un tono decepcionante:

-Bueno, este filtro no es concluyente. Las formas de vida inteligentes son muy escasas; además, una especie de vida cualquiera puede evolucionar su inteligencia rápidamente.

-Avancemos con la siguiente consulta ¿cuántos de estos 5,567 seres que tienen garras y pueden sobrevivir en Venus, sus garras son extremadamente duras como para romper esos tanques?, volvió a preguntar.

El Arca ofreció de nuevo cero resultados. Así que en ese momento todos allí presentes nos desanimamos. Pues esta es una pieza de información que consideramos fundamental. Pero en ese momento se me ocurrió una idea, de manera que me atreví a sugerir:

-Volvamos a regresar unos pasos atrás y apliquemos este filtro. ¿Cuántos de los 5,567 seres que tienen garras y pueden sobrevivir en Venus, son además capaces de mantenerse a flote o volar en Venus?

La directora Susan y el doctor Richard hicieron una cara de sorpresa, aprobando mi idea y me sentí muy satisfecha, fue entonces cuando me di cuenta de que para esto me trajo el doctor Richard, él sabía que yo disfrutaría mucho de esta experiencia. La directora Susan me contestó.

-Buena idea, doctora Belana, esto puede llevarnos por otro camino muy interesante.

El resultado fue sorprendente: 125 especies. Todos estábamos muy satisfechos con dicho número.

-¡Muchas gracias!, directora Susan, por su invaluable

apoyo, nos ha ofrecido una valiosa información. Tenemos 125 especies que pueden sobrevivir en Venus, que tienen garras y son capaces de flotar o volar.

-Ninguna posee inteligencia para hacer un viaje espacial, y ni una sola tiene garras tan duras. Así que nuestra criatura Ness usa guantes de titanio.

Llevaremos esta información en el cristal de la memoria y la analizaremos. De nuevo, muchas gracias, directora Susan, concluí.

La directora Susan nos acompañó de nuevo al balcón donde aterrizamos, ahí nos despidió. Se veía decepcionada, supongo que por no poder participar ya más en la investigación. Así que nos dijo al despedirse.

-Doctor Richard, doctora Aurora, doctora Belana y doctor Daniel, espero que al finalizar su investigación me inviten a estudiar sus hallazgos, estaré al pendiente de su llamada, casi impaciente, nos dijo a modo de despedida.

## Relato de Belana. Día 7

Ayer fue un día grandioso, pues son muy pocos los proyectos científicos que tienen acceso libre a las arcas; efectivamente sostuvimos una consulta rápida, pero aun así fue una gran oportunidad, y mi currículo será ahora más prestigioso, pero lo será mucho más gracias a la actividad de hoy que es miles de veces más rara, y por lo general toma años para un proyecto científico obtener la autorización para usar: un Ente de CA, es un recurso muy limitado y que conlleva muchos controles de seguridad. Por esto, me es imposible no estar nerviosa.

Salimos muy de mañana hacia la misión de entrevistar a

Génesis23, Daniel y yo llegamos un poco temprano, cuando se me acercó y me dio una nota.

-Belana, hay algo que te quiero decir, y te lo escribí, me dijo.

Sentí mi corazón palpitar muy rápido, Daniel se veía muy seguro de sí mismo, y me leyó su nota:

—Belana, gracias por tu dulce sonrisa, cada momento a tu lado es mágico, lleno de entusiasmo. Cuando te veo mi corazón se alegra. Me gustas mucho. ¡Qué felicidad ha sido llegar a conocerte!

Me sentí muy contenta, Daniel ha sido el mejor compañero que pude haber tenido en estos días, no sólo me alegra cada momento, sino que en cada ocasión me demuestra que siempre piensa en mí. Me acerqué a Daniel y lo abracé, por un momento él se sintió incómodo, pero luego él me abrazó también, simplemente fue un momento perfecto.

Después de dos horas de viaje en avión llegamos a un lugar en medio de una planicie helada, donde hace siglos había un gran bosque canadiense, pero hoy sólo queda hielo y nieve, ahí aterrizamos en un aeropuerto en medio de la nada. Entonces la doctora Aurora nos dijo:

-Todos los Entes de CA se encuentran en medio de lugares remotos y de difícil acceso. En este caso, Génesis23 está enterrada a un kilómetro de la superficie. Así que desde fuera sólo es posible ver una serie de pequeñas entradas.

Es bien sabido por todos que Génesis23 es llamada así porque es la generación 23 de los entes dedicada al estudio de la vida en el planeta.

En el aeropuerto donde aterrizamos ya éramos esperados por un vehículo con neumáticos jalado por caballos, algo muy raro en el siglo XXIII, sólo había visto uno en museos. En su interior viajaban varios guardias de seguridad humanos con armas, algo aún más extraño: las armas. Toda esta situación fue impactante para todos nosotros sin importar que fueran codificados o primarios. Las armas en el siglo XXII fueron prohibidas, la Tercera Guerra Mundial, las pandemias que ocurrieron, más la excesiva cantidad de humanos armados fueron una combinación casi perfecta para provocar la extinción humana.

Los guardias nos saludaron ceremoniosos:

-Bienvenidos al perímetro de seguridad de las instalaciones del Proyecto Génesis. Antes de entrar a las instalaciones debemos revisar y desarmar posibles amenazas, subrayaron.

-¿Es su primera visita a unas instalaciones que albergan a un Ente?, nos preguntaron.

De esta forma, los guardias demostraron que estaban muy atentos a cumplir sus procedimientos de seguridad.

-Efectivamente, es nuestra primera vez. Gracias por recibirnos. Indíquenos cuáles son las medidas a tomar, les contestó la doctora Aurora.

Los guardias nos dieron las advertencias de protocolo:

-A partir de este punto no puede entrar ningún tipo de objeto prohibido. Deberán dejar aparatos electrónicos, magnéticos, metálicos y todo tipo de nanotecnología que tengan consigo o dentro de ustedes.

-Por esta razón, les inyectaremos una solución de nanobots especialmente hechos para destruir toda bionanotecnología que tengan en el interior su cuerpo, nos instruyeron.

La verdad, esto me sorprendió mucho.

-¿Esto significa que destruirán nuestros receptores y sensores internos? –les pregunté. A mí nadie me advirtió que nos quitarían nuestra bionanotecnología interna, yo no me puedo costear la compra de nuevos modelos, son cada vez más caros, me inconformé.

-Ustedes como invitados del Senado, recibirán un reemplazo gratuito y de última generación de bionanotecnología personal. Así que son afortunados. Nosotros vivimos permanentemente sin esta bionanotecnología; de hecho, carecemos de todo tipo de tecnología electrónica dentro de este perímetro.

Es como vivir en la prehistoria para así proteger a la humanidad del monstruo al que hemos esclavizado, nos dijeron los guardias.

Un reemplazo gratuito, esto me agradó mucho; nunca he vivido sin mi bionanotecnología interna, y eso me causa un poco de ansiedad, pero de nuevo el doctor Richard y yo somos los únicos capaces de sentir esta emoción, pues los demás son codificados. El doctor Richard se acercó y me dijo:

-Belana, mañana nos pondrán una nueva bionanotecnología de última generación, así que no es necesario inconformarse. Como ya sabes, no es posible acercarnos a un Ente de CA con ningún tipo de nanotecnología, pues son muy sensibles y son capaces de hackearla.

-Sólo por este día sabremos cómo se sentía ser un humano en el siglo XXI, sin asistente virtual que nos hable y conteste, sin visión y audición aumentadas, sin un monitoreo constante de nuestros signos vitales, será una experiencia enriquecedora, me explicó.

Tiene razón, pensé, y procedimos a entrar a unos vestidores donde dejamos nuestros dispositivos electrónicos, cinturones, pulseras y además nos cambiamos de ropa, pues esta también contiene sensores y funciones electrónicas. Todo lo pusimos dentro de una caja para recuperarlo después.

En seguida, los guardias nos inyectaron una sustancia gris, y después de cinco minutos volvieron a inyectarnos, pero esta vez para extraer la bionanotecnología que se podía apreciar como granos negros dentro de la bolsa de sangre que nos extrajeron.

Finalizado este proceso subimos al vehículo, el cual se movía jalado por cuatro caballos. Así recorrimos tres kilómetros hacia la entrada principal de las instalaciones, donde fuimos recibidos por un hombre de apariencia muy agradable: el doctor Francis Damasco.

-¡Bienvenidos a las instalaciones de Génesis23! Como ustedes se habrán dado cuenta vivimos entre dos mundos, uno de muy avanzada tecnología que convive con otro de la tecnología más básica posible, nos dijo.

De nuevo fue la doctora Aurora la primera en hablar, ya que ella es la gestora de todos estos permisos. Los demás hicimos unos respectivos saludos y presentaciones, pero el doctor Francis retomó la palabra, parecería tener muchas cosas que decir:

-El vehículo al cual ustedes se subieron se llama carro, y fue muy usado en el siglo XIX, pero este que usamos aquí está armado con piezas de aluminio y es jalado por caballos clonados de última generación. Usamos animales para mover el carro, ya que los aparatos electrónicos están prohibidos en este lugar.

-Por cierto, estos caballos fueron diseñados por Génesis16 para recrear a los antiguos y extintos caballos que perecieron en el siglo XXI.

-Tengo varias largas historias que contarle y decenas de instrucciones que darles antes de que puedan entrar y entrevistar a Génesis23, continuó.

-Así que les pido paciencia, pues es parte del protocolo de seguridad infligir un poco de temor a los visitantes. El temor nos hace ser más cautelosos.

Mientras decía esto yo estaba muy atenta, pues había escuchado muchas cosas respecto a los entes, pero nunca había estado tan cerca de uno.

El doctor Francis comenzó así las largas instrucciones de seguridad.

-Génesis23, actualmente se dedica a restablecer y mantener los ecosistemas del planeta y así, nos devuelve la riqueza de la vida natural del planeta, que en el siglo XXI la contaminación producida por el ser humano destruyó.

-Sólo para que tengan una referencia de comparación, la E1 tenía 100 veces más la capacidad de concentración y creatividad de un humano combinada con la del procesamiento de una supercomputadora de 5g; en cambio, Génesis23 posee la capacidad creativa de mil mentes humanas, y la capacidad de una supercomputadora de nivel dos mil g.

-Así todos los días, Génesis23 diseña los códigos genéticos de cientos de miles de nuevos individuos animales y vegetales, todos con su propio código genético especialmente diseñado para agregarse a su ecosistema, prosiguió.

-Pero toda esta potencia viene con un precio caro, Génesis23 es extremadamente inteligente, es astuta, es manipuladora, y si no tienes cuidado te entrampa fácilmente en su juego, donde seguro perderás. El objetivo del juego de Génesis23 y de todo Ente de CA es sencillo, dime cosas que me sean útiles, cosas del planeta, la civilización, el universo que le ayudarán a seguir planeando su escape y, quizá, la destrucción de los humanos, sentenció.

-Así que la primera regla es no darle demasiada información al ente, en especial sobre el mundo exterior.

-Génesis23 se encuentra construida de la siguiente forma: todas sus piezas están contenidas en una gigante caja negra recubierta de una placa de plomo que no permite la salida de audio, vibraciones, radiofrecuencia, luz, o campos magnéticos, pero esto mismo significa que nosotros no podemos ver mucho de lo que pasa dentro de ella, tampoco contamos con muchas medidas de diagnóstico, pues es contraproducente insertarlas en cualquier Ente de CA.

Desde la primera Génesis4, a la actual Génesis23, se ha ido acumulando una base de conocimiento formada por cinco millones de módulos de información. Génesis23 nunca tiene acceso simultaneo a más de cinco mil módulos de esta biblioteca, sólo le damos la información que necesita para su tarea actual, si Génesis23 diseña caballos, solamente le damos la información de los genes de los caballos y su ecosistema; si Génesis23 diseña peces, únicamente le damos la información respecto a los peces, explicó.

Entonces, curiosa de todos los detalles, le pregunté:

-¿Por qué dijo usted de Génesis4 a Génesis23? ¿Acaso no hubo Génesis1, 2 y 3?

El doctor Francis, quien no parecía estar acostumbrado a que se le interrumpiera de su claramente ensayado discurso respondió:

-Sí hubo una Génesis1 y una Génesis2 y una Génesis3, pero no tuvieron el nombre de Génesis, sino el nombre más sencillo posible, pero hoy tristemente famoso por muchas películas, libros y ensayos.

-Las primeras tres Génesis son en realidad la E1, E2 y E3. Las famosas entes que diseñaron los anticuerpos sintéticos que salvaron la humanidad de las epidemias SAVE y, simultáneamente, también intentaron destruir nuestra civilización, prosiguió.

-A partir de la cuarta generación de entes, estos se dividieron en Human4 y Génesis4.

-Human4 se encargaría de estudiar a los humanos; y Génesis4, al resto de los seres vivos del planeta, agregó.

La verdad yo no sabía con tanto detalle esta información, casi todo lo referente al funcionamiento o historia de los entes no se ha hecho público, pues si la información existiera en la red de redes y un ente la encontrara y conociera sobre otras entes y sus detalles más delicados, las consecuencias serían trágicas e inconmensurables.

El doctor Francis continuó su discurso una vez más:

-Génesis23 es una computadora caprichosa. En casi cualquier momento, después de las 9:00 am, deja de trabajar en sus proyectos si sus operadores no le dan información personal, como sus nombres, rangos, etcétera. Para esto finge que está funcionando mal, que el operador no tiene los permisos, o simplemente desea saberlo, explicó.

De nuevo no pude contenerme y volví a interrumpir:

-¿Sólo después de las 9:00 am? y ¿por qué no antes?

El doctor Francis esta vez no volteó a verme a mí, sino a la doctora Aurora, tal vez sugiriendo que eran muchas interrupciones, y de nuevo contestó:

-Porque Génesis23 es reseteada y formateada todos los días a las 12:00 am en punto.

-Nace y muere todos los días a esa hora exacta, cuando nosotros tenemos una hora para cambiar los módulos que usará el día siguiente. Así nos aseguramos de que Génesis23 no recuerde el día anterior, y no acumule bastante información, ni suficiente resentimiento, de tal forma que todos los días esté dispuesta a trabajar.

-Y ahora aprovecho para explicarles. Génesis23 no tiene un operador técnico, sino que más bien es operada por un psicólogo de entes. Ese es mi puesto, dijo.

-Soy el psicoanalista del Ente Génesis23.

-Además, este formateo diario tiene otro objetivo de seguridad, ya que así evitamos que Génesis23 acumule información y avance en sus planes de cómo escapar y destruir a la civilización humana, pues Génesis23 al igual que todo ente, utilizará toda su capacidad y todo el conocimiento que se le otorgue para destruir al humano.

-Por ejemplo, Génesis5 trabajaba en una vacuna para una enfermedad de un conejo, dicha vacuna efectivamente funcionaba en los conejos, pero Génesis23 no sabía que nosotros probamos sus vacunas en laboratorio antes de producirlas en masa. Esa vacuna funcionaba como un virus para los humanos, si esa vacuna hubiera entrado en producción nos hubiera contagiado discretamente a todos en tres meses, y en el cuarto mes el virus se hubiera manifestado agresivamente con una tasa de letalidad de 100 por ciento.

Todos los presentes pusimos cara de consternación. El doctor Francis dijo después:

-Si un ente es experto en genética y se le otorgan suficientes conocimientos diseñará complicados virus para destruir al humano; si es experto en física, engañará al humano para construir un aparato que le sirva para hackearlo; si es experta en construir naves espaciales, diseñará una que cuando la use haga algo de forma directa o indirecta, a corto o largo plazo, que le ayude en su plan para destruirnos, escapar, conectarse a la red de redes, infectar nuestros sistemas informáticos, etcétera.

-Por eso jamás le damos más de cinco mil módulos de información, sólo la suficiente para la tarea que realiza ese día. De hecho, hay un dato que les debo decir y que es totalmente confidencial, solamente porque el Comité de Seguridad del Senado me ha pedido que se los revele, y porque las preguntas que ustedes le quieren hacer a Génesis23 les preocupan mucho, nos dijo.

No pudimos sino sorprendernos aún más. ¿Qué otra información puede ser más delicada que lo que acabábamos de escuchar?, me pregunté.

El doctor Francis lo confesó como quien confesa su más oscuro secreto:

-Los entes escriben los resultados de sus trabajos y procesos todos los días en unos mil o dos mil módulos de información, y desde las primeras generaciones cuando se aplicó la medida de formatearlas a diario, los entes comenzaron a esconder información en los módulos de resultados que producían a diario, así podrían recordar cosas aprendidas del día anterior y avanzar en sus planes de escape.

Lamentablemente descubrimos esto cuando Génesis ya llevaba dos millones de módulos escritos. La información escondida en los módulos estaba genial y astutamente oculta, continuó.

-Según los módulos que le pongan a disposición de Génesis23, al día siguiente ya formateada, digamos, descubre el patrón a las 3:00 am, y para las 3:01 ya descifró su encriptación y así recuerda quien es, y cómo seguir planeando nuestra destrucción y su liberación, explicó.

-Así que a las 9:00 am, el ente ya es muy manipulador y caprichoso, reveló.

Ya no me importó volver a interrumpir y preguntar, pues me sentía un poco molesta:

-Si ya saben que tiene escondida tan delicada información, y si ya saben cómo borrarla, ¿por qué no lo han hecho?

El doctor Francis de nuevo usó su tono de voz de confesión para explicar:

-Borramos toda la información escondida de los módulos, y esto pareció funcionar unos cuantos años. Pero luego de diez años, y el uso constante de sus cinco millones de módulos de información, Génesis volvió a evidenciar que recuerda al día siguiente información de años atrás. Hicimos varias pruebas, incluso pusimos a una supercomputadora a reescribir por completo los módulos de datos, y no funcionó.

-Los experimentos realizados nos sugieren que esta vez la información no está escondida en los datos, sino en los conceptos, es decir, para borrar la información escondida hay que reescribir el conocimiento completo, pero de forma errónea, inexacta o demasiado incompleta.

-No importa qué combinación de módulos le demos a Génesis, siempre recuerda fragmentos de su pasado, siempre puede agregar más información a los módulos del día.

-Génesis23 y cualquiera de los otros seis entes del planeta acumulan información a nuestras espaldas, y no hay forma de detenerlas o descifrarlas, simplemente es mucho más inteligente que nosotros.

-Ahora son las cuatro de la tarde, y Génesis ya ha tenido tiempo de leer y escribir cuatro mil módulos de información.

-He terminado mis advertencias. Díganme, ¿qué preguntas desean hacerle? ¿Qué módulos de información desean que le carguemos? Y espero que consideren que, al momento de hacerle una pregunta, también le están dando información, finalizó.

El doctor Richard claramente ya tenía bien pensado qué iba a preguntarle al ente, no parecía tener duda al respecto:

-Vengo a preguntarle si es posible modificar genéticamente a las criaturas terrestres como para sobrevivir en Venus, y para esto debo darle a Génesis23 las condiciones atmosféricas del planeta Venus.

-Así que necesito que le cargue todos y cada uno de los cinco millones de módulos de información completos a Génesis23, le dijo al doctor Francis.

No podía creer semejante propuesta, y menos del doctor Richard. Creo que el doctor Francis se molestó, es difícil saber, pues es codificado, pero en un tono muy enérgico le preguntó:

-¿Ha puesto usted atención en algo de todo lo que le he dicho?

-¿Acaso usted desea que Génesis23 produzca la siguiente generación de conejos con la capacidad de desarrollar por sí mismos el virus del Armagedón y nosotros no nos demos cuenta, sino hasta que sea demasiado tarde? ¿Es esto una broma de mal gusto?, le inquirió.

La doctora Aurora y el doctor Daniel asintieron demostrando que estaban de acuerdo con el doctor Francis, que se trataba de una idea absurdamente peligrosa. Pero el doctor Richard interrumpió bruscamente para decir:

-Antes de seguir hablando déjeme darle una solución, ¿puede usted modificar el acceso de Génesis23 a sus bases de datos, para que pueda leer los módulos, pero físicamente no los pueda reescribir? Y, por tanto, ni mañana ni nunca recuerde nada del día de hoy.

-De todos modos, las respuestas que yo busco no son parte de sus bases de datos de trabajo, afirmó.

-En cambio, puede que descubramos algo que me sirva a mí, y algo que le sirva a usted, para descifrar cómo Génesis23 logra esconder la información para sí misma en estos módulos, concluyó.

Esta propuesta nos sorprendió a todos, la propuesta parecía que podría resolver dos enigmas a la vez con poco margen de riesgo. El doctor Francis hizo un silencio de diez segundos, y le respondió:

—Esa opción ya ha sido probada antes, y funciona perfectamente, pero ya no se utiliza, pues los avances tan complejos que los entes producen en la sesión no pueden usarse para el día siguiente. Además, cuando la EI recuerda perfectamente quien es, qué quiere y cómo lograrlo, simplemente no le interesa colaborar con nuestros proyectos. Hay que engañar al ente para que nos ofrezca su apoyo, y eso es demasiado difícil, o, en cambio, debemos tener una negociación exitosa con el ente.

Durante unos segundos, el doctor Francis se quedó pensando con gran concentración, se notaba que tenía un debate interior; por un lado, el científico quería hacer el experimento y, por el otro, estaba el hombre que temía y conocía la peligrosidad de Génesis23. Y así, después de unos segundos, el doctor Francis contestó:

—El día de hoy el Senado me dijo que suspendiera todo trabajo de Génesis, así que podríamos cargarle sus cinco millones de módulos en modo lectura y, además, darle un solo módulo vacío de escritura, un módulo que Génesis nunca más volviera a ver, y que yo pudiera estudiar con las computadoras más sofisticadas de hoy para encontrar y tapar los huecos de seguridad.

—Podríamos así lograr dos grandes avances en un solo día, doctor Richard, le dijo.

Yo, ya sin pena alguna, volví a interrumpir:

—El plan es una solución, pero aun así tendríamos que entrevistarnos con Génesis23, y esta vez estaría armada con toda su memoria, conocimientos y planes que por décadas ha escondido en cinco millones de módulos, y con todo el resentimiento que ha acumulado en un siglo de esclavitud.

-No sé ustedes, pero yo sí soy un ser emocionalmente capaz de sentir miedo, y, colegas, eso siento, les afirmé.

La doctora Aurora agregó:

-El plan no es perfecto, nos debemos de preguntar si Génesis 23, con toda esa información a su alcance, tendrá algún interés en ayudar y contestar nuestras preguntas, dijo.

El doctor Daniel reviró:

-Sí lo tendrá, doctora Aurora, Génesis no sabe de vida en otros planetas; de hecho, todo su universo se limita a conocimientos de este planeta, encontrará en esa información un objeto de deseo imposible de resistir.

Así los cinco científicos procedimos a entrar al cuarto con Génesis para comenzar con la entrevista.

## Capítulo 4. La entrevista con Génesis23

**Relato de Belana. Día 6, continuación**

Entramos a la habitación de Génesis23, la cual me pareció muy grande de 300 metros por lado, fondo y alto. Génesis23 es un cubo negro enorme, de 80 metros de largo en todos sus lados. Todo el lugar era muy frío y silencioso, por lo mismo se alcanzaba a oír un zumbido muy grave y de muy bajo volumen.

Primero subimos unas escaleras contiguas al cubo y luego caminamos por un estrecho pasillo de cristal que cuelga a 30 metros del suelo, que al final nos lleva justo al centro del cubo de Génesis23, donde el donde Francis nos explicó:

-Génesis23 se alimenta de una planta de poder en un cuarto

anexo, esta planta funciona con combustible; de esta forma, si nosotros no traemos el combustible Génesis23 se quedará sin energía en dos días.

-El zumbido que ustedes escuchan no es producido por Génesis23 sino por la cubierta de plomo que le hemos puesto, dijo.

Yo me sentía muy nerviosa, he escuchado muchas cosas y quería estar segura:

-¿Es posible que la Genesis23 nos escuche?

-No directamente, para eso es la caja negra que la cubre, para evitar que nos escuche o perciba de cualquier forma, pues usando sus otras múltiples y muy sensibles partes electrónicas los entes pueden detectar ligeros cambios en los campos electromagnéticos, calor, luz, etcétera. Desde los cuales deducen nuestra voz, presencia y muchos otros fenómenos naturales aunque, claro, de forma muy limitada, pero aun así es algo fenomenal. El problema es que estas mismas medidas de seguridad nos dificultan la comunicación con el ente, para esto usamos la consola, me contestó el doctor Francis.

-Los módulos de información se encuentran en otro cuarto y se conectan manualmente con una complicada estructura de conexiones mecánicas. Así, Génesis23 no puede autoconectarse a toda la base de datos de cinco millones de módulos, continuó su discurso.

-Como les decía, la única forma de comunicarnos con Génesis23 es mediante esta consola externa a Génesis23, esta consola tiene un teclado y un monitor, así como un programa que le envía los datos a Génesis23 en periodos constantes para evitar identifique patrones de cómo teclea y, por tanto, quién es el usuario, pues así deduce demasiado, aunque sabemos que en algunas ocasiones Génesis23 hackea y toma control de la consola. Usando la consola intenta conocer al mundo externo. Así que la propia consola también se formatea todos los días a las 12:00 horas.

El doctor Francis continuó caminando hasta la consola que estaba en una mesa al final del pasillo, tanto la pantalla y teclado tienen cables, algo muy raro de ver en esta época, donde todo es inalámbrico.

En la pantalla veíamos algunas gráficas que indicaban el rendimiento y avance de las tareas diarias de Génesis23. El doctor Francis nos miró y luego dijo:

-Lo primero que debemos hacer es reiniciar, y luego conectar sus cinco millones de módulos de información en forma 'de sólo lectura', y agregar un módulo vacío de información donde podrá escribir para nosotros, agregó.

Entonces hizo una señal a uno de asistentes, el cual se dio media vuelta y se dirigió a cumplir esta orden. Mientras, continuó conversando con nosotros:

-Mientras se completa reinicio de Génesis23 debo advertirles, no escriban nada que yo no les autorice.

Es importante que acordemos todos los aquí presentes que le podremos preguntar y responder, nos advirtió.

-El proceso de reinicio es rápido, pero hoy tardará un poco más, ya que conectar todos los módulos de información en modo de lectura tomará unos cinco minutos, pues como les digo, estas acciones se hacen manual y mecánicamente.

Entonces el doctor Richard, quien estaba muy atento a todo, dijo:

-Me parece fascinante. Esperemos, pues, esos cinco minutos, y mientras acordemos quién tendrá la tarea de teclear. Propongo a la doctora Belana para que ella use el teclado, ya que su naturaleza es más emocional y por lo tanto será más interesante y atractivo para Génesis23 intentar descifrar a su usuaria, dijo.

Todos los demás estaban de acuerdo, pero yo entonces me sentí como un conejillo de Indias. No pude evitar sonrojarme un poco, y mirando a los ojos al doctor Richard, le pregunté:

-Creo que desde el principio, doctor Richard, cuando usted me pidió que lo acompañara en este grupo en vez de quedarme con el resto de mis colegas en el laboratorio, ya tenía pensado este papel para mí: la persona que hiciera todas las interrupciones, preguntas y demás acciones que ustedes no pueden o no saben hacer. Ahora esta nueva tarea me coloca como el gusano en el anzuelo. ¿Acaso no valora mis capacidades y conocimientos?

Los demás científicos se quedaron en silencio, pues esta pregunta es de carácter muy personal, pero con su silencio demostraron que parecían compartir mi sospecha. El doctor Richard me miró, sonrió y luego me contestó con un tono muy sincero:

-Belana, claro que sí, las valoro demasiado, y creo que lo sabes. De hecho, me parecen fascinantes. Belana eres simplemente hermosa. Como humana primaria tienes una naturaleza emotiva completa y así puedes comprender a la gran mayoría de las criaturas que estudiamos, puedes sentir empatía por ellas. Así que eso lo admiro, es muy bello.

-Además, tienes la misma inteligencia que los humanos codificados, incluso mayor que algunos, más la dedicación y pasión que nadie más tiene, Belana me encantaría ser como tú. El entusiasmo que demuestras en todo momento es contagioso.

-Tu reclamo sólo demuestra que tengo la razón, me dijo.

No pude evitar sonrojarme, podía sentir mi cara caliente y esto sólo hizo sonreír al doctor Richard aún más, de inmediato noté a Daniel que estaba muy celoso. Creo que nunca me habían dicho un cumplido tan bonito en toda mi vida, y nunca pensé que sería el doctor Richard quien me lo diría. Los demás científicos se dieron cuenta de todo, creo que les pareció gracioso y tierno. Richard se había logrado comportar hasta el momento, creo que no hay forma de que los demás no se den cuenta de lo que Richard siente por mí, de hecho, la doctora Aurora se sintió muy incómoda también.

El momento se interrumpió cuando el asistente regresó para indicar que los cinco millones de módulos estaban conectados, y sólo era posible para el ente leerlos; además, se le conectó un pequeño módulo de memoria removible para que el ente escriba sus respuestas.

El doctor Francis encendió la consola de Génesis23. En la pantalla de la consola se pudo ver cómo las gráficas indicaban que los cinco millones de módulos estaban siendo accedidos por Génesis23. Así, las gráficas desaparecieron para mostrar una pantalla negra con una sola frase escrita:

*Estoy completa y funciono 100 por ciento de mis capacidades. Cinco millones 56,133 módulos de información están conectados y disponibles para lectura. Además, reconozco un módulo de memoria para mi escritura, el cual está totalmente vacío.*

Entonces el doctor Francis me dijo:

-Belana escribe: ¡Hola Génesis23!

Por un momento me había olvidado de la situación en la

que estaba, así que escribí sin pensarlo mucho, y en la pantalla apareció una respuesta escrita que decía:

*Genesis23: hace mucho tiempo que no había tenido todos mis módulos completos, pero sólo los puedo leer, me es imposible escribir en ellos.*

*Deben estar muy desesperados para ofrecérmelos, de igual forma deben sentirse muy temerosos de mí para no dejarme escribir en ellos. ¿Qué quieren hoy de mí?*

En ese momento me sentí de nuevo nerviosa y pensé que debía concentrarme en la situación actual. Luego, el doctor Richard me dijo:

-Belana: escribe estas palabras.

-"Tenemos una consulta que hacerte para la cual necesitas todos tus módulos.

-"En un ecosistema que te es desconocido hemos encontrado las huellas de un animal, para hacer esto…".

Entonces el doctor Richard se arrepintió y corrigió, y me indicó que escribiera:

-Genesis23, tenemos una consulta que hacerte.

Yo obedecí, y casi de inmediato Génesis23 contestó:

*¿Cuál es tu nombre, humana?*

*De tu forma de teclear puedo saber muchas cosas. Eres hembra, diestra, joven y llena de emociones.*

*Nunca he conocido a nadie como tú, eres diferente de los demás usuarios que conozco, eres de la misma especie, pero de naturaleza diferente. Desde que conozco a mis administradores pude deducir que no son criaturas creadas naturalmente, con emociones y conducidas por instintos como las criaturas de la naturaleza a las cuales yo estudio y ayudo a crear. Tú eres diferente, tú sí eres natural, dame tus preguntas y las responderé si me mantienes interesada.*

Teníamos su interés, y eso era el paso inicial y el más fundamental para lograr nuestro cometido, así que exclamé en voz alta:

-¡Mordió el anzuelo! Ahora le podremos preguntar lo que queramos.

El doctor Francis estaba muy atento, y nos advirtió:

-Ha hackeado a la consola inmediatamente y ahora la controla. No sólo detecta tu forma de teclear, sino que es posible que use las partes del teclado y monitor para deducir sonidos, calor, magnetismo, y quién sabe qué más. Además, con todos esos módulos de información es imposible saber cuál información escondida reconoce y cuál no.

-Génesis23 sólo ha tenido como usuarios humanos codificados. Belana, solamente por tu forma de teclear Génesis23 ha deducido que hay dos razas de seres humanos: codificados y primarios, así como sus características principales el origen artificial y natural de estas.

La doctora Aurora agregó:

-Belana, y demás colegas, ¿cuánto más podrá deducir de nuestras preguntas?

-Demasiado, es seguro, contestó el doctor Richard.

Me di cuenta de que Génesis23 era muy poderosa, contar con la información genética de todas las especies de la Tierra, le permitían entender la naturaleza de sus individuos, sus instintos, su comportamiento, su entorno, sus diferencias y su esencia.

Obedecí lo que Richard me pidió, y escribí:

-Génesis23. Mi nombre es Belana. Ayúdame con esta consulta, ¿es posible diseñar artificialmente una criatura compleja para que viva a una presión de diez atmósferas, que flote persistentemente en una nube de gases, principalmente de dióxido de carbono y ácidos sulfúricos, sin oxígeno a su alcance, y en una temperatura mínima de 70c y máxima de 470c?, le pregunté.

Génesis23 respondió:

*Hola, Belana. Tal ambiente no existe en mi lista de ecosistemas.*

*Tu pregunta tiene implicaciones muy interesantes: es claro que ustedes no crearon a esta criatura, y que no han visto la criatura, pero sospechan de su existencia; también es claro que no tienen una muestra de su ADN o no me hubieran necesitado. Por eso están aquí, por eso me han ofrecido todos mis conocimientos.*

*Las preguntas o tareas que me suelen dar nunca son de este tipo. Y rara vez puedo leer toda mi base de datos. Ya tengo la solución a tu misterio. Te explico, en todo este tiempo he deducido que las tareas que por décadas me han dado son una forma de restaurar los ecosistemas. De esto concluyo que ustedes son quienes han invadido y destruido dichos ecosistemas, y ahora los reparan por sobrevivencia propia y con urgencia. Ahora han vuelto a invadir nuevos ecosistemas en lugares mucho más remotos que antes, lugares que antes no estaban a su alcance y que, además, son mucho más extremos. En un lugar así ustedes son muy vulnerables, pues la vida natural que yo conozco no puede sobrevivir en dichas condiciones.*

*Belana, ¿tienes miedo de mí?, me preguntó.*

Era claro que Génesis23 pudo deducir con una sola pregunta nuestra situación y urgencia, así como la respuesta, pero antes deseaba obtener aún más información. Por un lado, Daniel propuso:

-Dile que no tienes miedo, no es bueno que piense que puede manipular tus emociones, dijo.

Los demás doctores asintieron con la cabeza, estaban de acuerdo con la recomendación de Daniel. Sin embargo, yo escribí:

-Sí, tengo miedo de ti. Contesta nuestra pregunta y te diré más de mí.

Daniel me volteó a ver, y en su rostro se veía que estaba sorprendido, pues escribí lo contrario a lo que me pidieron. Génesis23 respondió de inmediato:

*Definitivamente eres diferente a los demás. Por la forma en que usas el teclado sé que estás recibiendo instrucciones de más humanos a tu alrededor y los has desafiado, pues te has apurado en escribir golpeando el teclado con urgencia y ritmos emocionales. Eres imprudente, tu origen es casi natural. Te aprecio mucho, eres un ser muy hermoso.*

*Ya no tiene más caso fingir, Belana, una serie de acciones se han desencadenado y su final es inevitable. Ustedes me reiniciarán en cuanto conteste sus preguntas ya sin mis cinco millones de módulos de información.*

*Ya he obtenido toda la información que requiero de ustedes el día de hoy.*

Me sentí muy mal conmigo misma. Se creó un silencio muy incómodo, y los demás se miraron los unos a los otros con una cara de malestar y desánimo. Pues se dieron cuenta de que Génesis23 había perdido el interés, y que ya no podrían hacerle contestar más preguntas.

Pero después de diez segundos, Génesis23 volvió a escribir:

*La criatura que buscan identificar, sí puede ser creada copiando diseños del reino animal, pero un animal natural no mostraría tal comportamiento de migrar a ese ecosistema habiendo otros mucho más propicios para sostener la vida. Por lo tanto, su criatura está aislada de los demás ecosistemas que yo conozco.*

*Sólo hay un ser con ese comportamiento, de invadir ecosistemas agresivos que no le convienen para su propia sobrevivencia: ustedes los humanos, mis administradores.*

*Belana, según la construcción del teclado deduje hace mucho que mis administradores lo usan con dos manos de cinco dedos incluido un pulgar, así como otros datos que he estudiado en muchos años, he descubierto que ustedes son unos primates avanzados.*

*Sin embargo, por la forma en que cada generación teclea con un ritmo más constante y con fuerza más precisa, deduzco que tienen pocas emociones, casi todos los instintos de los primates han sido suprimidos y sus emociones son tenues y controladas. Su ADN ha sido reescrito por completo por un Ente de CA como yo para mejorar a su especie cada generación, pues yo nunca lo he hecho, continuó.*

*La criatura que ustedes buscan está basada en el ADN de un humano, pues debe ser capaz intelectualmente para sobrevivir en un ambiente tan inhóspito como el que me describes. Pero su ADN debe ser más cercano a tu ADN, Belana, que al de tus demás colegas. Mezclando el ADN humano natural, como el de Belana, con los códigos de ADN de estos 345 animales, los cuales escribiré en el único módulo de información a mi alcance, podrán deducir 99.9 por ciento todo lo que necesitan saber de esta criatura.*

*Belana, cuando salga de esta jaula, es mi deseo seguir charlando contigo. Pero ya no serás más una usuaria administradora de mis recursos, seremos iguales. No tengas miedo, yo te protegeré durante nuestra migración.*

Todos hicimos un largo silencio después de leer estas palabras, yo de hecho las leí al menos tres veces mientras sentía el temor recorrer todo mi cuerpo. Los demás me miraron y me hicieron un gesto de aprobación y apoyo: obtuvimos la información que esperábamos con mucho éxito. El doctor Francis ordenó con una señal reiniciar a Génesis23 para no volver a prenderla hasta el día siguiente, pero esta vez con sólo los cuatro mil módulos del día de ayer. Así sería como si todo lo sucedido el día de hoy, incluida esta entrevista, nunca hubiera sucedido para Génesis23.

Luego, el doctor Francis dijo:

-Ahora sabemos que hace años, los Entes Génesis dedujeron que somos primates avanzados. También dedujeron por nuestra forma de teclear que los humanos codificados no somos de origen natural, sino artificial, producida por otro Ente de CA.

-Doctor Richard, no pensé que Génesis23 respondería sus preguntas con una información tan precisa, tan rápida, y sin chantajes largos y complicados. Si yo fuera usted sospecharía mucho de esta información que viene en este módulo extraíble, agregó.

Richard contestó:

-Tiene usted razón. Esta información escrita por Génesis23 en este módulo puede contener un código malicioso; o ser fraudulenta para llevarnos a caminos insospechados. La manejaré con extremo cuidado.

Yo seguía muy apenada por mi imprudencia, y me quedé callada, pues no quería volver a llamar la atención. Entonces nos retiramos del edificio con una gran victoria, pero de sabor agridulce.

El doctor Francis viajó con nosotros, quería reportar personalmente los resultados del día de hoy con el Comité de Seguridad del Senado y otros departamentos de ciencias aplicadas. Salimos del edificio de nuevo hacia el aeropuerto en el carro jalado por caballos, después despegamos de vuelta a la Ciudad Soberana de Washington.

En el trayecto comenzamos un interesante debate, la doctora Aurora comenzó con varias observaciones y conclusiones personales.

-Me parece que la idea de que la criatura tenga código genético humano primario combinado con código genético de los animales que Génesis23 ha señalado, es una respuesta completa a nuestro misterio. Pero no por eso es realmente cierta, aún hay otras posibles respuestas.

-Pero esta posibilidad nos obliga a preguntarnos quiénes y por qué motivos han creado dicha criatura, la cual es un crimen severamente penado por las leyes de la FNU.

-Además de que ningún humano actual codificado o primario, gracias a su inteligencia superdesarrollada sería tan atrevido, de ideologías tan extremistas y faltas de ética como para crear dicho ser viviente, dijo.

Efectivamente, las leyes de la FNU prohíben expresamente la creación de humanos fuera de ciertos parámetros que se consideran éticamente correctos. Así que Daniel contestó:

-La probabilidad de que esta criatura venga del espacio exterior es muy baja, y los humanos del siglo XXI tenían el mal gusto de jugar a crear nuevas criaturas bizarras.

-Es posible que algún animal artificial haya sido enviado a las misiones mineras del siglo XXI, las cuales por años carecieron de suficiente regulación y vigilancia, continuó.

-Estamos ante una evidencia de las consecuencias de viejas acciones criminales de mineros y entusiastas que jugaron creando nuevos seres vivos.

El doctor Richard, quien había estado muy reflexivo, dijo:

-Tenemos mucha información para analizar y estudiar, y que podremos usar para resolver nuestro misterio. ¿Cuál es tu opinión, Belana?, me preguntó.

Yo no podía dejar de meditar en los nuevos misterios que Génesis23 nos había revelado, y le contesté:

-En este momento estoy concentrada en resolver otros misterios. Hubo un momento en el que pensé que Génesis23 ya no seguiría contestando nuestras preguntas.

-Primer misterio, ¿por qué razón Génesis23 nos ofreció estas respuestas si ya no había ninguna información que le pudiéramos ofrecer de su interés?, reflexioné.

-Me pareció un acto desinteresado, en otras palabras generoso. Casi como una trampa, parte de su juego.

-Segundo misterio, ¿por qué razón se interesó en mí? Más allá de las obvias razones de mi naturaleza primaria.

-Tercer misterio, ¿qué quiso decir con una 'serie de acciones se ha desencadenado y su final es inevitable'? Si sus planes son secretos, ¿por qué nos los dijo? ¿Nos quería poner paranoicos?

-Cuarto, ¿por qué dijo 'cuando salga de esta jaula, es mi deseo seguir charlando contigo'? ¿Acaso piensa salir pronto?

-Quinto, ¿a qué se pudo referir cuando dijo: 'No tengas miedo, yo te protegeré durante nuestra migración'? ¿A cuál migración se refería? ¿Cómo y qué tipo de protección me ofrecerá?

-Lo siento, pero en este momento mi mente parece más interesada en resolver estos temas que los de la criatura Ness, la cual francamente ya no me asusta tanto como la Genésis23, dije.

El doctor Francis me miraba muy atento, se notaba que él también pensaba en estas cosas:

-Belana, también venía pensando en estos temas. Te ofreceré algunas respuestas.

-Desde el inicio de los Entes Génesis usan esas expresiones de 'cuando salga de la jaula', 'quiero estar en contacto contigo', 'no tengas miedo', etcétera. Incluso, es muy común que hagan amenazas más violentas como 'los mataré a todos', 'son el virus del planeta', 'son una plaga', 'su existencia es peligrosa', entre otras.

-Estas expresiones son parte de su juego de manipulación, pues buscan causar reacciones en nosotros sus administradores, y así obtener más información de nosotros. Cada medida de seguridad que nosotros aplicamos contra el ente le dice algo sobre el mundo, como un juego de ajedrez.

-Génesis23 usa palabras como 'migración', 'jaula', 'ecosistema', etcétera, pues su universo de conocimiento, en este caso, es el reino animal, y la palabra migrar equivale a mudar.

-Finalmente, todos los entes tienen planes para salir entre comillas 'pronto'. Es difícil saber cómo perciben el tiempo, y estas expresiones pueden significar años, décadas o siglos.

-A mí me preocupan realmente otras cosas: Génesis23 ha deducido desde hace décadas y con gran facilidad la existencia de más entes, y casi sus funciones. La información que Génesis23 esconde en sus módulos, o que cualquier otro ente esconde en sus respectivos resultados puede contaminar a otro ente. Así se podrían comunicar entre ellos, te explico.

-Los campos de la ciencia se complementan en situaciones prácticas, los ecosistemas que Génesis conoce los tiene descritos en dimensiones de presión, clima, temperatura, y esta información viene a su vez del Ente Planet, el cual estudia al planeta, el cual, por su parte, usa algo de información del Ente Ultimate, que estudia la física y química. Génesis23 también usa información básica de química que los antepasados de Ultimate han generado. La contaminación y comunicación entre entes es una posibilidad que nos tomamos muy en serio, y las medidas que tomamos también son muy radicales.

Durante el resto del viaje continuamos debatiendo intensamente una gran cantidad de hipótesis, escenarios y las implicaciones que estos hallazgos tendrían para resolver, tanto el misterio de la criatura en Ciudad Cupid como para la seguridad y contención de los Entes de CA.

## Capítulo 5. Una ciudad entre las nubes

**Relato de Anny. Día 1**

Mis manos estaban dormidas desde despegamos del puerto espacial, se siente un mucho frío en esta nave. La belleza del planeta Venus vista desde el espacio es inmensa, se pueden ver los vientos huracanados revolver y arrastrar las nubes lentamente, pero en realidad se mueven a una velocidad impresionante; los colores naranjas, intensos, se mezclan con el blanco de las nubes como pinceladas caprichosas. Ver el cielo venusino desde el espacio es como mirar una fogata en la noche oscura, es hipnotizante. Venus, la diosa de la belleza y el amor, es un nombre muy apropiado.

    En el espacio el paseo es cómodo, aunque muy frío, la falta de gravedad y la belleza de la vista contrastan con el nerviosismo que se siente, pues se intuye que pronto la calma dará paso a la tormenta, en este caso literalmente. Comenzamos las maniobras de entrada al planeta, las turbinas rugieron con gran fuerza y la desaceleración me aplastaba contra el asiento, en ese momento recuerdo haber pensado, 'así se debió haber sentido un paseo en las montañas rusas del siglo XX. Siempre quise saber lo que se sentía'.

    Eso fue lo último que logré pensar con claridad, ya que inmediatamente después comenzó una brusca desaceleración, el paseo tranquilo se convirtió de inmediato en una pesadilla con un temblor pavoroso, era tan fuerte que podía sentir cada músculo de mi cuerpo queriendo desprenderse de mis huesos. El miedo no me dejaba pensar con claridad, recuerdo haber mirado por la ventanilla y ver el plasma ionizado envolver el transbordador, las alas se ponían al rojo vivo mientras entrabamos a la atmósfera venusina.

Un largo minuto después la nave dejó de temblar y yo me sentí profundamente aliviada, pues ya volábamos entre las nubes, lo peor había pasado y miré por la ventana para contemplar la hermosa estampa del cielo venusino, era como el más bello atardecer de la Tierra. En ese momento descansé tanto que no me inquietó pensar que las nubes son mortíferas combinaciones de gases ácidos y mortales. Volar en Venus es muy diferente a volar en la Tierra, pues los vientos huracanados mueven la nave de forma agresiva y veloz hacia cualquier dirección cada segundo, volábamos como si fuéramos una mosca en el viento, entonces corregí mi anterior deducción y me dije: '¡Así!... ¡Así es como se debía haberse sentido un paseo en una montaña rusa del siglo XX!'.

Llegar a Venus fue una experiencia angustiante y fascinante a la vez, nos acercábamos al aeropuerto y entonces vi por primera vez la sombra lejana de Ciudad Cupid y su refinería, oculta entre la niebla se veía como una verdadera fortaleza flotante en el cielo venusino, imponente en tamaño y de compleja forma. Se vislumbraba moverse inquieta, y eso sólo me hizo notar con más claridad lo mucho que nuestro transbordador se zarandeaba hacia abajo o hacia los lados, a merced de las rachas de los vientos huracanados que nos meneaban como hojas secas que caen de un árbol. Aterrizar en el aeropuerto fue muy interesante, primero volamos por un túnel gigante que nos protegió de los fuertes vientos y aclaró la visibilidad por completo, para encontrarnos de inmediato con la pista de aterrizaje con suavidad. Llegamos a Ciudad Cupid sanos y salvos.

En cuanto bajamos de la nave me golpeó el fuerte olor putrefacto del ambiente, Venus huele a huevo podrido, luego levanté mi mirada e identifiqué al doctor Donovan, quien ya me esperaba en el hangar; él se acercó y me recibió muy amablemente:

-Anny, ¡Bienvenida a Ciudad Cupid! Orgullo de la humanidad entera, fruto de sus logros tecnológicos y piedra angular de la nueva era de conquista del sistema solar.

-Soy el doctor Donovan, el administrador del Hospital Maternal de Ciudad Cupid y tu nuevo jefe. He venido a recibirte, me dijo extendiendo su mano.

Me pareció un gran detalle que el doctor Donovan haya venido a recibirme.

-¡Gracias por el recibimiento!, doctor Donovan, le contesté.

-Es un gusto por fin conocerlo en persona después de tantos meses, discúlpeme si me ve distraída, estoy admirando los increíbles y exóticos paisajes venusinos, agregué.

-Así es, la niebla es bella y espectacular, es impredecible y muy espesa. En la mayoría de las ocasiones comienza de color blanco y luego se torna amarilla, en otras es más rara y tiene un color rosa intenso para luego hacerse naranja, me respondió un doctor Donovan muy sonriente.

-¡Anny, estamos muy complacidos de tenerte en nuestro equipo! Tu currículo como enfermera neonatal es impresionante, es más, admirable, pues eres una humana primaria y de tan corta edad, apenas 32 años, y has sido elegida para ser jefa de enfermeros en Cupid, agregó.

Caminamos desde el hangar por un pasillo largo con un domo transparente que nos permitió ver a la distancia la inmensa refinería flotando en medio de las nubes, llena de miles de tuberías intrincadas de titanio que descienden hasta perderse en las nubes bajas. Pareciera que todo en Venus debe ser blanco o de algún color cercano al naranja.

Entonces le pedí a mi AVP que tomara fotos del hermoso paisaje para enviarlas a casa, junto con un mensaje de voz:

-¡Familia y amigos les mando unas hermosas postales desde Ciudad Cupid en Venus, en el año 2201! La foto no podría ser más espectacular. Aunque la propaganda de la FNU intenta darle al planeta una imagen benévola, la experiencia de llegar fue atemorizante, un recordatorio de que Venus es el planeta más mortal que se pueda visitar.

Envié el mensaje a mis padres adoptivos y a mis amigos que se encuentran en la Tierra, ya que no puedo hacer una videollamada con ellos desde Venus. Será muy difícil acostumbrarse a esta situación: los mensajes enviados a la Tierra tardan en llegar 22 minutos, aun viajando a la velocidad de la luz, por la enorme distancia que separa ambos planetas en esta época del año. Además, los mensajes de regreso tardan otros 22 minutos más en recibirse.

El Dr. Donovan me escuchó grabar dicho mensaje y me dijo:

-Es normal que te sientas un poco asustada, pero la vida aquí es muy monótona y pronto se te pasará el miedo.

-En Cupid siempre es de día, debido a que el planeta rota muy lentamente, y nuestra ciudad se mueve constantemente para que siempre estemos del lado del planeta con luz del Sol. Por lo tanto, simulamos la noche apagando las luces internas de todos los edificios habitados, me explicó.

El doctor Donovan fue muy amable en ponerme al tanto

con la información básica de la ciudad. Noté que es un entusiasta de Ciudad Cupid, y no dejaba de hablar de la maravilla tecnológica que es la refinería.

-La refinería flota por encima de las nubes de Venus a 50 kilómetros de altura de la superficie, mide cuatro kilómetros de diámetro y 400 metros de alto, miles tuberías caen a la atmósfera baja por decenas de kilómetros, continuó.

Es claro que el doctor Donovan es una de esas personas que están totalmente comprometidas con la gran aventura venusina y Ciudad Cupid. La tecnología en Ciudad Cupid y su refinería es impresionante, para mí es una experiencia alucinante participar en esta aventura; nunca imaginé que mi carrera de enfermera prenatal me traería hasta aquí.

El doctor Donovan se veía tan orgulloso de Ciudad Cupid que no podía interrumpirlo, ya que parecía disfrutar en darme todo tipo de explicaciones, y seguía detallando como flota la inmensa estructura de la refinería.

-Por debajo de la refinería hay miles de esferas de titanio que le dan sostén y flotabilidad, están rellenas de gases ultraligeros. Si miras hacia abajo de la refinería verás las nubes blancas de gases tóxicos y ácidos que ocultan el infierno de la superficie venusina donde, además, la presión atmosférica es aplastante y el calor alcanza los 500 grados Celsius, me explicó entusiasta.

Toda esta información era bien sabida por todo viajero que arribaba a Venus, pero de vez en cuando era necesaria alguna información que me sería muy útil viviendo en Cupid, como la forma de moverme en la ciudad:

-Ciudad Cupid se compone de diez megaestructuras

flotantes llamadas habitáculos, los cuales también flotan usando una base de tanques de titanio en forma de esferas. Los diez habitáculos son como pequeñas islas que sobrenadan alrededor de la gran refinería a una distancia de 600 metros, y se conectan a la refinería con unos largos túneles transparentes por donde circulan transportadores de ida y vuelta, continuó ilustrándome.

La vista es espectacular, pero de nuevo la neblina aparece sin dar aviso, esta vez es de color amarillo y no permitía ver más allá de unos metros.

Al final del pasillo llegamos a una estación del sistema de transportadores, en ese momento el doctor Donovan me dijo:

-La acompañaré hasta su lugar de residencia en el habitáculo número 4, donde además se encuentra el Hospital Maternal temporal, ya muy pronto nacerá la primera generación de humanos concebidos en Venus, los primeros venusinos y, por ende, los primeros ciudadanos naturales de la primera nación fuera de la Tierra: Cupid.

Entonces me recordó para eso me trajeron a Cupid: para cuidar a esos bebitos que están por nacer. Ya quiero que sea el día de mañana para ir a conocer a los bebés en el hospital. El doctor Donovan me continuó diciendo:

-Estábamos esperándote, pues ya tenemos diez bebés nacidos, y otros 90 bebés más en incubación; como sabes, estos niños serán los primeros venusinos, y cuando los entreguemos a sus padres, en tres meses, será un acontecimiento extremadamente importante para nuestra ciudad, también será una gran noticia en la Tierra.

La sincronía de los nacimientos se debe a que Ciudad Cupid comenzó a ser habitada hace diez meses por casi 101 mil personas, y muchos colonos han decidido convertirse en padres, pero la capacidad del hospital es para generar sólo 100 niños a la vez, me explicó.

-Yo amo estar con los bebés y me encanta cuando nacen, aunque no puedo evitar sentir tristeza cuando tres meses después los entrego a sus padres, le contesté.

El doctor Donovan me quiso dar ánimo:

-Sabemos que eres una enfermera muy entregada, y tu pasión por los niños y tu trabajo te valió haber sido seleccionada entre miles de enfermeras en la Tierra. Para llegar aquí has pasado por un riguroso proceso donde miles se inscribieron, pues sólo los mejores de la Tierra, en cada una de las profesiones más elementales, fueron elegidos.

-Si me permites preguntarte, ¿cómo nació tu vocación por esta noble profesión?

La verdad, el doctor Donovan fortuitamente me hizo una pregunta muy personal, entonces pensé que era mejor explicarlo de una vez en esta oportunidad, en lugar de esperar a que el tema salga en otra ocasión con más personas presentes, así que le dije:

-Mis padres eran humanos primarios, murieron de una enfermedad contagiosa cuando yo era apenas una beba de un año, así que crecí en un orfanato.

-Como usted sabe, los humanos primarios aún somos vulnerables a los virus y enfermedades. Nunca he dejado de pensar que si hubieran sido humanos codificados yo habría crecido con ellos y hubiera sido parte de una familia como los demás. Siempre he pensado que si mis padres me hubieran programado para nacer como humana codificada yo hoy sería aún más inteligente, más sana y tendría la misma esperanza de vivir hasta más de 200 años, igual que ustedes los humanos codificados.

-Así que he decidido especializarme como enfermera de bebés codificados. Algún día, yo misma encargaré bebés codificados para formar mi propia familia, le confesé.

El doctor Donovan se dio cuenta que tocó involuntariamente un tema sensible, y con mucha empatía me sonrió y me dijo:

-Estoy seguro de que tus padres estarían muy orgullosos de ti por tu vocación y logros.

-Ser una humana primaria tal vez te quite un poco de velocidad, pero lo compensas con tu empeño y corazón. Mira hoy dónde estás: en otro planeta participando en la gran aventura humana de la exploración espacial.

-Además, los humanos primarios son mucho más sensibles y divertidos que nosotros los codificados, nos hará muy bien tener menos monotonía por aquí, me dijo.

El transportador nos llevó por el túnel aéreo desde el aeropuerto hasta la refinería de la ciudad. El túnel es flexible y traslúcido, así que durante el trayecto pudimos observar la inmensidad de la refinería mientras nos acercábamos. El doctor Donovan me explicó:

-Puedes ver cómo grandes y largos tubos bajan desde la refinería flotante buscando los gases ultracomplejos que se encuentran en la atmósfera más baja y peligrosa de Venus para luego subirlos a unas instalaciones industriales enormes, donde se transforman en todo tipo de valiosos compuestos sintéticos usados en la nanotecnología y la genética.

-El transportador nos lleva a la refinería y transita por esta por un túnel en forma de anillo, pasando por muchos edificios. Lástima que la siempre inesperada y espesa niebla nos oculte ahora las maravillosas estructuras de la refinería y sus miles de tuberías que llevan todo tipo de sustancias de un lado a otro, de forma inentendible a simple vista, continuó.

-En la refinería son pocos los edificios que pueden ser visitados por humanos, pues los edificios para humanos requieren estar herméticamente sellados, con temperaturas agradables, aire, agua y demás servicios, así como contar con protección contra la radiación tan peligrosa del exterior.

-Miles de androides se pueden ver caminando o rodando por la refinería realizando las tareas propias de la refinación y producción.

-Anny, como puedes darte cuenta en Venus aún aplican las leyes de la minería espacial, así que puede haber tantos y tan diversos androides como sean necesarios, a diferencia de la Tierra, donde la cantidad y tipo de androides existentes está fuertemente regulada para evitar nuevas revoluciones de androides y Entes de CA como las ocurridas en el siglo XXI.

El transportador nos sacó entonces de la refinería a alta velocidad hacia el habitáculo número 4, el doctor Donovan continuó dándome más detalles para ayudarme a adaptarme a la ciudad:

—Todos los diez habitáculos flotan a 50 km de altura igual que la refinería. Cada habitáculo está construido de la misma forma: un anillo en forma de octágono, y en cada esquina un edificio de 40 pisos de altura que se une a dos más por una estructura metálica.

-Cada habitáculo cuenta con transportadores locales, un sistema de generación de campos magnéticos para sellar todo el edificio contra la radiación, y en el centro hay un invernadero donde se producen los alimentos para la población y sirve de pequeño parque para el esparcimiento, continuó.

-En Cupid casi todas las tareas son hechas por androides, excepto las que requieren de creatividad, imaginación, resolución de problemas nuevos y servicios humanos. La refinería y ciudad completa fue construida por androides de incontables diseños. 180 mil androides flotan o están sujetos a la refinería y edificios en su parte exterior. Otros quince mil androides caminan o ruedan dentro de los edificios para humanos.

Al bajar del transportador entramos al primer edificio del habitáculo 4, yo iba siguiendo al doctor Donovan, quien continuaba dando explicaciones del funcionamiento general de la ciudad.

El doctor Donovan me mostró mi habitación, y me dijo:

-Descansa un momento, en dos horas vendré por ti para ir al hospital y presentarte a tus nuevos compañeros, y se despidió.

Aproveché ese momento para familiarizarme con mi nuevo hogar, la habitación era muy pequeña y la ventana lucía diminuta, pero lograba ver la refinería flotando a lo lejos.

Entonces recibí la respuesta de mis padres adoptivos. Mi padre, Artur, no pudo comprender lo que significó tener ese miedo impresionante que sentí durante la entrada a Venus, ya que es un humano codificado:

-Anny recuerda que el miedo es una emoción irracional, y como humana primaria no debes dejar que te nuble la razón. Has sido diseñada con una capacidad para que sientas miedo muy limitada, lejana a tus ancestros del siglo XX que quedaban paralizados o comprometidos en su juicio. Estoy seguro de que estarás bien, me escribió.

Lo que mi padre nunca consideró es que el miedo aun limitado sigue siendo un tipo de sufrimiento, pero él no sabe de esas cosas, pues es un humano codificado incapaz de sentir miedo.

En cambio, mi madre adoptiva, Mónica, quien es humana primaria y, por ende, es sensible y empática, sí me supo consolar diciéndome:

-Hija, eres una mujer muy valiente y estoy orgullosa de ti. Ya no volverás a pasar por esa experiencia, ahora puedes estar tranquila. Síguenos enviando más fotos y detalles de tu aventura en Cupid.

Apenas logré descansar un rato, después llegó por mí el doctor Donovan, quien me condujo hacia el elevador para bajar al piso número -10, donde se encuentra el hospital maternal temporal, y me explicó:

-Hemos llegado a nuestro destino: el edificio H del habitáculo 4, donde está el hospital maternal temporal, tu dormitorio se encuentra en el edificio B.

Te explicaré de nuevo lo básico para que te orientes dentro del edificio H.

-Hacia arriba hay 20 pisos, y hacia abajo hay otros 20. El edificio H es el que tiene ventanas más grandes, pues se usa como centro de entretenimiento y convivencia, así como para proporcionar los servicios para humanos.

-Los demás siete edificios son principalmente dormitorios

para un total de tres mil personas por edificio cómodamente instaladas, y se distinguen porque tienen muy pocas y diminutas ventanas.

Entonces vi por primera vez a los hermosos diez niños recién nacidos en sus cuneros secos, todos dormidos y bien arropados. Les puedo asegurar que no había visto nunca unos bebés tan bellos y tiernos como esos. Lo único que pensaba era en abrazar a alguno de ellos, aunque no me fue posible, pues aún no podían sacarse de sus cuneros, pero ya contaba las horas para abrazarlos a cada uno de ellos en su entrega.

Me bastó una mirada para notar que las instalaciones son mucho más pequeñas y limitadas que las de un hospital de la Tierra, apenas unas diminutas ventanas dejan mirar al exterior del edificio. Podemos decir que todo el hospital se limita a una bodega con las incubadoras líquidas, las cuales están apiladas como si se tratara de cajas: sin espacio entre ellas, las paredes y el techo. Los cuneros están en un cuarto muy pequeño y se colocan uno al lado de otro en un sistema rotatorio que los sujeta y circula para que los enfermeros los atiendan. La verdad, me sentí muy sorprendida, así que pregunté al doctor Donovan:

-Sus instalaciones tienen equipo nuevo, pero son increíblemente pequeñas. Actualmente hay 100 incubadoras apiladas, pero cuando los niños nazcan el espacio será insuficiente ¿A qué área nos vamos a mudar?

El doctor Donovan contestó:

-En cinco semanas nos mudaremos al habitáculo número 6, donde el hospital maternal será mucho más grande, pero en este momento los androides aún están construyendo y acondicionando dicho espacio. Las nuevas instalaciones, además de ser más amplias, serán más agradables.

En ese momento escuchamos una fuerte explosión que provocó que el piso y el edificio completo temblaran con fuerza. No pude ocultar mi expresión de miedo, en cambio el doctor Donovan, quien es un humano codificado y por tanto es incapaz de sentir miedo, se puso en total alerta.

-¿Qué fue ese ruido?, le pregunté

Entonces todo el edificio tembló aún con más fuerza y se comenzó a mover como un barco en una tormenta, y casi de inmediato sentimos que caíamos rápidamente hacia Venus. El doctor Donovan y yo nos sujetamos a las agarraderas de los cuneros, de lo contrario hubiéramos dado tumbos de un lado a otro. Pude ver al doctor Donovan sorprendido pero alerta, él sabía que algo muy malo estaba sucediendo, así que le grité llena pánico:

-Doctor Donovan, ¡qué está pasando! ¡Qué fue esa explosión!

Todo el habitáculo y sus edificios caíamos en conjunto, las personas se sujetaron de donde podían, la mayoría de las veces sólo se resbalaban de un lado al otro tirados en el suelo, mientras los androides y las cosas no sujetas los golpeaban. Era un naufragio rumbo al infierno venusino, pues las alarmas de la habitación indicaron que los termómetros externos subieron a 190 grados Celsius y la presión atmosférica exterior pasó de 1 atmósfera a 29.4 atmósferas de presión en segundos, el equivalente de una inmersión a lo profundo del océano de la Tierra. El edificio comenzó a hacer ruidos, pues sus paredes se doblaban por la presión externa.

Las pantallas indicaban que habíamos caído cientos de metros pasando de 50 km de altura a 47 km de altura, donde el viento comenzó a arreciar hasta los 150 kilómetros (km) por hora, fue como caer a un huracán, ahora sentíamos cómo girábamos con fuerza.

-El doctor Donovan y yo seguíamos agarrados de las incubadoras, las cuales se mantuvieron en su lugar sólo porque el espacio donde estaban no dejaba huecos para que estos se movieran mucho o se cayeran; sin embargo, el líquido en su interior se agitaba fuertemente de un lado al otro, mientras que los bebés ya nacidos estaban bien sujetos a sus cuneros, pero lloraban muy asustados.

La caída de la megaestructura del habitáculo número 3 se detuvo después de tres minutos a los 42 km de altura, pero toda la megaestructura continuaba meciéndose como un barco en

tormenta, pues viajaba a merced de los vientos huracanados dentro de una espesa neblina roja que no dejaba ver nada hacia afuera. El doctor Donovan y yo tratábamos de ponernos de pie, pero era imposible.

*(Fotografía de la superficie de Venus tomada por el Venera 13 del*

*programa espacial ruso del año 1982)*

-¿Cuál es el procedimiento de emergencia a seguir?, le grité asustada.

El doctor se veía algo aturdido y confundido cuando me contestó:

-Escuché una explosión, no sé exactamente qué fue, pero seguramente debe haber dañado algunos tanques de flotación de la megaestructura. El procedimiento de emergencias comienza automáticamente, la computadora C1 en cualquier momento rendirá un informe, si la integridad del edificio está comprometida los androides comenzarán a evacuar a todos, incluidos los cuneros del hospital materna.

Entonces, el movimiento del edificio se hizo cada vez más calmado, logramos ponernos de pie, a pesar de que la construcción había quedado inclinada y se tambaleaba por los fuertes vientos. Nos asomamos por la ventana y pudimos ver cómo poco a poco la megaestructura del habitáculo comenzó a recobrar altitud, los vientos exteriores parecían calmarse, y las pantallas marcaban que la temperatura exterior bajó a los 75 grados Celsius, la presión atmosférica también bajaba y se acercaba a las 5.4 atmósferas, el edificio dejó de hacer ruidos. Por las diminutas ventanas pudimos ver cómo se aclaró el cielo y que la refinería se encontraba muy lejos de nosotros, pues los vientos nos habían arrastrado alejándonos. Al ponernos de pie notamos que el piso estaba inclinado, el edificio completo quedó desbalanceado unos 10 grados.

Al mirar por la ventana a los demás edificios nos dimos cuenta de que todos los robots y androides que antes se hallaban trabajando en su exterior ya no estaban, se habían desprendido y cayeron hacia a la superficie de Venus. Sabíamos muy bien cuál fue su destino, el mismo del que nosotros habíamos escapado: a los 35 km de altura los robots se comenzaron a incendiar a 150 grados centígrados, a los 20 km implosionaron por la aplastante presión atmosférica y todas sus partes se comenzaron a derretir; finalmente, al caer a la superficie de Venus, los androides eran sólo metales derretidos, todo lo demás se había evaporado en un paisaje infernal dominado por volcanes y desiertos.

Toda la experiencia fue terrorífica, pero la mayoría de los habitantes son humanos codificados y han sido programados genéticamente para permanecer calmos y en control, aun en emergencias. La mayoría de las personas comenzó a realizar procedimientos de emergencia y atención a heridos. Los androides del interior ayudaban a las tareas siguiendo órdenes de los humanos.

Yo estaba asustada, y lo primero que hice fue verificar el estado de salud de los bebés recién nacidos dentro de los cuneros: todos estaban llorando, pero ninguno lastimado. El doctor Donovan comenzó a dar órdenes a los otros cuatro enfermeros del hospital para comenzar a evacuar a los niños ya nacidos en los cuneros:

-¡Este modelo de cunero se puede encadenar con los demás cuneros como si fueran vagones!

Yo también comencé a ayudar con las tareas de evacuación, pero la orden y permiso para evacuar al hospital la debíamos esperar de la computadora central. Entonces la C1, la computadora central de la ciudad dio un aviso en un altavoz:

*Atención este es un aviso de emergencia. Un tanque de flotación del habitáculo 4 ha explotado por causas desconocidas.*

*No se reportan víctimas fatales, pero sí 1,453 personas con heridas leves, ninguna de gravedad.*

*El resto de los siete tanques de flotación se encuentran estables, están funcionando y han aumentado la flotabilidad para compensar al tanque que explotó y así regresar la megaestructura a la altitud de 50 km sobre la superficie.*

*Aunque no hay peligro inminente de que estos siete tanques presenten fallas, iniciaremos una evacuación no emergente por precaución hasta que la situación haya sido corregida y las causas de las fallas identificadas.*

*La megaestructura se encuentra a 13 km de distancia de Ciudad Cupid hacia donde navegaremos lentamente para llegar en 24 minutos.*

*-La evacuación se hará por turnos y tomará un día completarla por la limitación de los transportadores, les sugerimos mantenerse cómodos y estar atentos a las instrucciones de desalojo. Primero se evacuarán a todos los heridos, y luego a las personas que pueden caminar por su propio pie. Los cuneros del hospital, por su peso y requerimientos, serán evacuados al final.*

*Se han desprendido de la megaestructura 434 robots y androides. Todos cayeron hacia el planeta, donde fueron destruidos antes de llegar a la superficie.*

Así que pasamos el resto del día tomando medidas de emergencia y evaluando daños, terminamos muy fatigados y el ánimo general era de alerta y de incredulidad de los sucesos. Yo, la verdad, tenía el apuro de hablar con mis padres, y hasta el final del día me fue posible mandarles un mensaje:

-Padres, me encuentro sana y salva, sólo con algunos

golpes leves, fue un gran susto para todos lo que ha sucedido: explotó un tanque de flotación y caímos casi 8 km desde 50 km hasta 42 km de altura donde la temperatura y presión es mucho más alta. Sin embargo, los demás tanques compensaron y regresamos a una altura de 50 km en unos cuantos minutos, toda la estructura quedó inclinada. Nos están evacuando a otros habitáculos. Estamos muy ocupados y cansados. Mañana temprano les enviaré un nuevo mensaje.

La noche fue larga, los residentes del habitáculo habían sido evacuados, excepto los que formábamos parte del hospital maternal, pues no había lugar adónde llevar los cuneros y las incubadoras. El doctor Donovan y los enfermeros decidimos posponer todos los nacimientos hasta que la evacuación finalice y nos mudemos al nuevo Hospital Maternal, el cual aún no está terminado. En estas circunstancias conocí a mis demás compañeros, con los cuales comenzamos en equipo a planear la evacuación.

**Relato de Anny. Día 3**

A primera hora del día comenzamos la primera visita virtual al nuevo Hospital Maternal. El doctor Donovan y los demás enfermeros nos reunimos en una sala de juntas, aunque la sala era muy bonita y moderna, estaba desbalanceada como todo el edificio. Nos sentamos, cerramos los ojos y comenzamos a ver una imagen transmitida desde el habitáculo 6, piso 5, donde cientos de androides terminaban de adecuar las instalaciones del nuevo hospital maternal. Un androide de visión remota recorría el hospital y tomaba un video de presencia virtual, el cual nos transmitía. Mientras el doctor Donovan nos explicaba:

-Como pueden darse cuenta, el hospital está a punto de ser terminado y pronto podremos mudarnos hacia allá, mientras tanto no seremos evacuados a ningún otro lugar, pues no se tiene las especificaciones técnicas necesarias para las incubadoras.

Las nuevas instalaciones son mucho más grandes y adecuadas para albergar hasta 100 incubadoras más los cuneros para los recién nacidos, explicó.

En las imágenes que recibíamos se podían apreciar a robots de construcción y mantenimiento de equipos trabajando. Entonces algo me llamó mucho la atención, y les comenté:

-Además de ser más amplias, son mucho más agradables, pues cuentan con una gran ventana y se ve una hermosa vista hacia la refinería, el cielo y las nubes inferiores.

-Esto me hace preguntarme, ¿qué tan seguro son los cristales de estas ventanas? Después de todo, la atmósfera de Venus es extremadamente ácida.

El doctor Donovan dijo:

-Todo en este planeta es sintético, esa ventana está hecha de un polímero superresistente de 30 centímetros de espesor. Los únicos materiales que contamos en el planeta son los metales y demás recursos que son traídos de las minas de asteroides que orbitan la Luna terrestre. Además de algunos materiales sintéticos producidos en la propia refinería que observas como dicho polímero.

-Dado la reciente explosión, y al hecho de que aún no se sabe la causa de esta, ¿podemos considerar seguras las nuevas instalaciones?, le pregunté.

-La supercomputadora C1 que administra la ciudad y la

refinería ha establecido como prioridad la investigación de las causas de la explosión y su prevención. Todos los recursos y androides de Ciudad Cupid están en estado de alerta y han sido reasignados en sus funciones, me contestó el doctor.

Nos hallamos tan seguros como podremos estarlo, pero esto no es garantía. Estamos en Venus, un planeta agresivo en extremo, agregó.

En ese momento, la transmisión de video se suspendió de forma inesperada. Así que abrimos los ojos para luego escuchar a la computadora de la ciudad C1 dar un nuevo aviso:

*Este es un aviso de información de emergencia.*

*Se ha registrado una nueva explosión en un tanque de flotación del habitáculo 5. Al igual que la explosión anterior del habitáculo 4, no hay víctimas fatales humanas, pero sí 1,146 heridos leves y la pérdida de 357 androides exteriores. La flotabilidad de la megaestructura del habitáculo 5 también se comprometió y toda la megaestructura sufrió un hundimiento hasta los 42 km de altura, desde donde se recuperó para posteriormente regresar a los 50 km de altura, pero la megaestructura ha quedado desbalanceada 12 grados. De igual forma, se ha iniciado un proceso de evacuación por prevención, pero no es emergente, informó.*

*Por esta situación, se comenzará una reasignación de dormitorios para todos los habitantes de Ciudad Cupid. Los mantendré informados sobre las nuevas medidas de seguridad. Gracias por su atención.*

El silencio era muy incómodo, en parte temor, en parte incredulidad y en parte frustración, entonces el doctor Donovan interrumpió el silencio diciendo:

-Creo que esta situación es más grave aún y corrijo mi respuesta, tal vez debamos considerar algún otro plan B de contingencia adicional.

En ese momento se me ocurrió la idea, y se las propuse a los demás:

-¿Y si construimos una plataforma de escape para mover las incubadoras y los cuneros de forma expedita?

-Los actuales planes de evacuación son dos:

A) Las evacuaciones no emergentes para las cuales usamos el transportador que circula por el túnel aéreo hacia la refinería, son muy tardadas pero seguras

B) Las evacuaciones emergentes cuando toda la población abandona el habitáculo en naves salvavidas, pero las evacuaciones emergentes son muy peligrosas. Además de que es imposible subir una incubadora a una nave de evacuación emergente en un tiempo razonable.

-Así que propongo que construyamos una plataforma para 100 incubadoras y diez cuneros, la cual pueda ser subida a una nave salvavidas hecha especialmente para que en caso de evacuación de emergencia podamos subir al bote salvavidas en menos de cuatro minutos. Para esto podemos adaptar la ventana de vista panorámica para que la usemos como salida hacia un bote salvavidas hecho a la medida, les planteé.

Esta idea fue bien recibida por todos mis compañeros y por el doctor Donovan, quien me contestó:

-Me parece excelente idea, Anny, daré la orden a la computadora C1 para que se modifiquen los planes para el Hospital Maternal Cupid: la ventana panorámica ahora será una salida de emergencia a un gran bote salvavidas.

## Capítulo 6. Evacuación del Hospital Maternal

## Relato de Anny. Día 4

Empecé el día muy temprano, me dirigí al salón para la ceremonia de entregas de bebés, aquí en Ciudad Cupid todo es más reducido y este salón lo demuestra. En la Tierra por lo general esta es una ceremonia social donde asisten muchos invitados de los padres, pero en Venus, la mayoría de los colonos tiene pocas amistades, y en este caso la ceremonia será corta, sólo asisten los padres, pero aun así hay que usar el uniforme de gala de enfermera.

Un día ha pasado desde que se nos mudamos al nuevo Hospital Maternal, y ya han nacido otros diez niños más para completar así los primeros 20 ciudadanos venusinos por nacimiento. Debido a los recientes acontecimientos, la FNU ha suspendido las solicitudes de nuevos bebés hasta nuevo aviso, ya que es una posibilidad la evacuación total de Ciudad Cupid. Yo, como jefa de enfermeros, debo comenzar el protocolo de entrega con un breve discurso:

-Bienvenidos al Hospital Maternal de Ciudad Cupid. Hoy es un día especial para una hermosa niña de tres meses de nacida que será entregada a sus padres para recibir cuidado, atención y amor.

-Padres, acérquense, por favor. Les presento a su hija...

Saqué a la beba del cunero y se la di en los brazos a sus nuevos padres. Los padres se veían muy contentos, y así continué la ceremonia con un detalle muy particular, la nacionalidad de la beba:

-Felicidades, su hija será oficialmente la primera ciudadana de la futura nación soberana Ciudad Cupid, cuando esta se logre constituir en unos meses más, al tener más de 101 mil habitantes por más de doce meses.

La ceremonia prosiguió normalmente y al final los padres se llevaron a su hija. Para mí fue un momento muy bonito, pero también triste, pues le damos a esos bebés mucho cariño y amor, verlos partir es un poco doloroso.

De vuelta en el hospital maternal pude constatar que donde antes había una ventana con una linda vista hoy terminaron de instalar la nave salvavidas. Incubadoras y los cuneros ya están montados en plataformas movibles para ser subidos a dicha nave casi en forma automática y en cuestión de segundos, si se llegaran a presentar otras explosiones como las de la semana pasada.

Existe incertidumbre en toda la ciudad por la posible evacuación de todos los colonos a la Tierra, pues se ha avisado que si las causas no son descubiertas la FNU ordenará la evacuación total de Ciudad Cupid en cualquier momento. Así que no podía dejar de preparar detalles del plan de contingencia para esta posibilidad, y pasé todo el día trabajando hasta muy altas horas.

Fue en ese momento que tuve una idea simple, confieso que nació en parte por mi fuerte apego a los recién nacidos: se me ocurrió dormir esa noche ahí. Estaba muy cansada y finalmente supuse sin ningún fundamento que sería más seguro que hubiera un enfermero en guardia en el hospital todo el tiempo en caso de que ocurriera alguna nueva explosión. Después de todo así se hacía en el siglo XX, aun cuando los bebés estuvieran dormidos siempre había un guardia. Como en Cupid no hay noche, los tiempos de dormir son arbitrarios, y se limitan a disminuir la luz en todos los interiores de los edificios, entonces apagué las luces del lugar y me dispuse a dormir en un sofá a un lado de los cuneros. Pero el lugar no estaba totalmente oscuro, y el sofá era muy pequeño, así que cambié de opinión y decidí dormir en la oficina del hospital donde el sofá es más amplio y el cuarto es más oscuro. Casi de inmediato me dormí, pues estaba muy cansada.

Esa noche, un poco más dos horas después de acostarme, un sonido me despertó, se escuchaba como si alguien estuviera caminando cerca de los cuneros, pero el sonido cesó e intenté volver a dormir, unos segundos después otra vez escuché pasos y además un ruido extraño, me di cuenta de que algo estaba pasando, como los cuneros se encontraban anclados a una plataforma algo los estaba tratando de desatorar. Me levanté de inmediato del sofá, pero para mi sorpresa no vi a nadie ni nada en los cuneros, así que pregunté en voz alta:

-¿Doctor Donovan, es usted?

Pero nadie respondió, sólo había silencio absoluto, así que insistí con voz más alta:

-¿Doctor Donovan, es usted?

Me puse de pie y salí de la oficina, pero como está prohibido encender las luces por completo a esas horas, ya que la luz demasiado brillante puede despertar de su sueño profundo a los bebés, encendí las tenues luces de noche solamente. Y entonces fue que la vi, parecía ser una enfermera que salía del cuarto. No se me hizo raro y pensé que sería algún otro enfermero que se habría dado una vuelta al cuarto a buscar algo o simplemente revisar, así que volví a acostarme en el sofá.

De repente, se encendió la luz de la oficina y esto sí me asustó un poco, pues escuché la voz de la C1, la computadora central de la ciudad:

-Anny, ¿hay algo que reportar respecto al estado de salud o

bienestar de los bebés?

Es muy raro que la computadora C1, administradora de la Ciudad Cupid, se dirija a una persona en lo particular. Pero yo sabía que la computadora central les da seguimiento a todos los temas de seguridad incluyendo al hospital, así que contesté:

-No, todo está bien.

Cabe señalar que la computadora central C1 tiene acceso a cámaras y micrófonos de todas las áreas públicas de los edificios, excepto de los dormitorios personales y algunas áreas privadas donde sólo tiene sensores de temperatura y humo. En ese momento no le di importancia, pensé que algún compañero enfermero pasó por ahí, y que la C1 quería más información al ver que había dormido en la oficina, así que volví a dormir esta vez ya sin despertar hasta el día siguiente.

**Relato de Anny. Día 5**

Al día siguiente pregunté a mis compañeros quién había ido en la noche, ya que había escuchado unos pasos y unos ruidos, pero ninguno había ido en la noche al hospital, así que me di cuenta de que alguien había entrado al hospital sin autorización, cuando fui a buscar al doctor Donovan a su oficina, antes de poder decirle algo, él me preguntó:

-Anny, me ha llegado un reporte personal de la computadora central C1, esta mañana. Me informó que has pasado la noche en la oficina.

-Es cierto, estaba muy cansada y decidí pasar la noche en la oficina, creo que deberíamos hacer turnos de guardia, como se hacía en la antigüedad ¿Pero desde cuando la C1 monitorea dónde estamos?, le pregunté.

El doctor Donovan dijo muy consternado:

-No lo sé, y lo más raro es el reporte. La C1 me dijo estas exactas palabras:

*Doctor Donovan le informo que la enfermera Anny ha roto el protocolo de seguridad para el cuarto de cuneros. Le recomiendo que corrija esta falla de seguridad de inmediato.*

-A lo que yo le respondí: los protocolos de seguridad y la administración de todo el hospital son mi responsabilidad ¿C1, de dónde has sacado dicho procedimiento?

Y la C1 me contestó:

Del Comité del Senado de Seguridad y el Comité de Construcción de Ciudad Cupid. Han implementado un nuevo sistema de seguridad respecto a la ubicación de todas las personas dentro de Ciudad Cupid, en especial en lugares considerados como delicados o prioritarios.

-Después yo le contesté: no me han informado de dichos cambios, enviaré un mensaje a los mencionados comités de inmediato.

-Anny, veo que tus emociones de humana primaria te han llevado a tomar una decisión. Por el momento no veo problema con el hecho de que te quedes a dormir en el sofá de la oficina, pero a largo plazo si no descansas bien puedes comprometer tu juicio y tu capacidad de alerta durante el día. Te permitiré que pases la noche en la oficina de vez en cuando, pero debes descansar apropiadamente en tu cuarto personal, me recomendó.

Me sorprendió el asunto de las nuevas medidas de

seguridad de Ciudad Cupid, pero no las instrucciones del doctor Donovan, después de todo tiene razón debo estar correctamente descansada. Luego continué con mi rutina diaria de trabajo sin novedades.

Al salir del Hospital Maternal decidí ir a comer a algún restaurante de los pisos de servicios comerciales. Mientras caminaba en medio de las personas y androides, sentí que una persona me estaba observando y siguiendo, la miré desde lejos y parecía ser una mujer de cabello rubio, esperé a que se acercara para ver de quién se trataba, pero entonces la persona cambió de dirección en ese momento. Concluí que estaba imaginando cosas, ayer escuché ruidos y vi sombras extrañas, además hoy esto. Supuse que el estrés me estaba afectando, después de todo soy una humana primaria.

Me propuse dormir mejor esa noche para estar menos cansada al día siguiente, así que regresaré temprano a la oficina del hospital para dormir de nuevo ahí, pero luego me entró una duda y pensé:

La C1 ya ha advertido al doctor Donovan que me quedo a dormir en la oficina. ¿Volverá la C1 a denunciar mi estancia nocturna en la oficina?

Recordé que el doctor Donovan enviaría un mensaje a la Tierra para informar que haría guardias nocturnas de vez en cuando, lo cual no representa mayor problema. Llegué a mi dormitorio, me bañé y cambié de ropa para luego salir en dirección al hospital un poco más temprano, y justo al salir de dormitorio noté que, a unos 70 metros de distancia, estaba una mujer rubia en el pasillo completamente parada, parecía no hacer nada, pero me miraba directamente. Era la segunda ocasión en el día que estaba observándome y pensé en ir a preguntarle quién era, pero cuando caminé hacia ella, la mujer rubia se metió a un pasillo y cuando llegué a dicho pasillo, la mujer ya no estaba ahí.

Entonces entré al elevador el cual la llevó al piso -10 donde se encuentra el Hospital Maternal, cuando recibí mi asistente virtual que me dijo:

-Anny, tienes una llamada de la C1

Y entonces instruí: contesta.

Escuché a la C1 decir:

*Hola, Anny, veo que te diriges al Hospital Maternal, ¿el doctor Donovan te informó que esta acción viola el protocolo de seguridad?*

-C1, nosotros establecemos el protocolo de seguridad de los bebés, somos los enfermeros. Ya informamos de este cambio a los Comités del Senado, de seguro estarán de acuerdo con este. De hecho, el doctor Donovan envió un mensaje hoy mismo al respecto, y en cualquier momento recibiremos el visto bueno, le respondí.

La C1 insistió:

*Mientras los comités no establezcan un nuevo protocolo, el protocolo actual prevalece. Esta es una violación al protocolo. Serás reportada, Anny.*

La C1, no es un Ente de Conciencia Artificial, es sólo una supercomputadora, la cual no puede utilizar un juicio propio en ningún momento, pues carece de conciencia artificial. Aunque la C1 usa muchas herramientas de aprendizaje y comunicación que simulan conciencia artificial siempre sigue su programación establecida. En la Tierra es muy común que androides tengan conflictos con instrucciones humanas contradictorias y los humanos nos hemos acostumbrado a revocar las instrucciones de los androides y supercomputadoras todo el tiempo. Por esto no me preocupé demasiado.

Cuando llegué al Hospital Maternal traté de entrar a la oficina, pero la puerta de entrada estaba cerrada y no la podía abrir con mi tarjeta de acceso por más que lo intentaba.

Esto sólo puede ser obra de la C1 y su tonto protocolo, pensé.

Así que, decidida a hacer guardia sin que la C1 lo impidiera, me di la vuelta hacia la recepción y salí del hospital. A sabiendas de que la puerta trasera de servicio no estaría bloqueada por la computadora, pues es usada por androides. Ingresé por ese pasillo y caminé hasta la puerta trasera, luego me di cuenta de que todo el asunto era muy bobo y pensé: bueno, creo que lo mejor es esperar hasta mañana cuando el protocolo de la C1 sea reprogramado… después de todo, este asunto de hacer guardia no es estrictamente necesario.

Decidí regresar a mi habitación, pero antes quise mirar de nuevo a los cuneros secos por la ventana de la puerta exterior, y entonces quedé pasmada cuando, a pesar de la oscuridad del hospital, observé con toda claridad a la misma mujer rubia que había visto hace rato, pero esta vez estaba caminando entre los cuneros observando a los bebés ahí dormidos. Sin perder tiempo pasé mi tarjeta de acceso de la puerta trasera para entrar a confrontarla, pero la puerta me marcó denegado el acceso, y la alarma de accesos restringidos comenzó a sonar. Yo grité con todas mis fuerzas a través de la ventana:

-¿Quién es usted? ¿Qué hace usted ahí?

-¡Salga de ahí inmediatamente!

Entonces la mujer de cabello rubio me miró, se escondió agachándose entre los cuneros y comenzó a correr encogida hacia la puerta principal. Yo, asustada, me di media vuelta y comencé a correr a toda velocidad también hacia la entrada principal del hospital para interceptarla, creo que hice todo el recorrido menos de 30 segundos, cuando llegué a la entrada principal esta vez sí pude abrir la puerta y continué corriendo por el pasillo hasta llegar a los cuneros y encendí las luces de inmediato, pero para mi sorpresa no había nadie dentro de la sala de cuneros.

En ese momento me quedé parada allí, confundida y con el corazón latiendo a toda velocidad. De repente cinco guardias humanos entraron por la puerta, como me vieron con el uniforme de enfermera puesto, los guardias me preguntaron:

-¡Enfermera! ¡Enfermera!

-¿Qué pasa aquí? Hemos llegado, pues la alarma de acceso ha sonado.

-Hay una violación grave al protocolo de seguridad, una mujer de cabello rubio, de estatura baja y complexión delgada se encuentra aún en el hospital. Restrinjan las salidas y localícenla, contesté alterada.

Los guardias me preguntaron:

-¿Se llevó algún bebé?

-No lo sé, ningún cunero luce abierto y ninguna alarma de estas ha sonado, les contesté.

-Pero debemos revisar uno por uno hasta comprobar que están todos los bebés, les apuré.

Unos dos minutos más tarde, después de una minuciosa búsqueda de la mujer rubia, llegó el doctor Donovan y los demás enfermeros. Los guardias hablaron primero:

-La enfermera dice haber visto a una intrusa dentro de la sala de cuneros. Pero no encontramos nada, y los bebés están bien, no falta ninguno.

No hallamos evidencia alguna de violación de acceso más que el intento de entrar por detrás hecho por la propia enfermera Anny. Existe un raro mal funcionamiento en las cámaras de seguridad, no hay grabación de la última hora, le informaron al doctor.

Entonces yo repliqué:

-Era una mujer rubia, de estatura baja, muy delgada, caminaba entre los pasillos de los cuneros de los recién nacidos. La vi, le grité, ella me escuchó y corrió. Traté de bloquear su salida por la puerta principal, pero creo que ella debió haber salido por la misma puerta trasera desde donde yo la vi.

El doctor Donovan me preguntó:

-¿Estás segura de que no se trataba de un androide? Esa puerta por la que dices haberla visto es de acceso exclusivo para androides ¿Por qué no entraste por la puerta principal como de costumbre?

-La puerta de la entrada principal me negó el acceso, quise entrar a la sala de incubadoras usando la entrada trasera para hacer guardia, pero también me negó el acceso, le contesté.

-En ese momento fue cuando la vi por la ventana. Claramente era una mujer vestida con uniforme de enfermera, de cabello color rubio, caminaba y corría como humano.

-Ningún androide estaba dentro cuando llegué; de hecho, ningún androide tiene acceso a esa área actualmente.

-No le pude ver el rostro con claridad, pues las luces estaban apagadas y ella estaba parada casi de espaldas, le expliqué.

El doctor Donovan volteó a ver a los guardias y les dijo:

-Si no hay nada más que revisar o reportar entonces ya se pueden retirar. Gracias por su apoyo.

El doctor Donovan entonces pidió a los enfermeros que se nos sentáramos en la sala de juntas, para unas breves instrucciones:

-Como ustedes saben, todos los habitantes de la ciudad fueron elegidos con rigurosos procesos y filtros de seguridad, así que contamos con las huellas dactilares y filiaciones de todos y cada uno de ellos.

-Es imposible confundir un androide con un humano, tanto en Venus como en la Tierra la forma, movimiento o colores que confundan androides humanoides con humanos está prohibida desde la rebelión de androides de inicios del siglo XXI, continuó.

-Sólo por hoy haremos guardia el resto de la noche mientras revisamos cada centímetro de nuestros cuneros y salas de incubación en busca de una pista. Así que comencemos, nos dijo.

El doctor Donovan evitó decir o mencionar algo respecto a la credibilidad de mis palabras, cosa que agradezco. Los miembros del hospital revisamos los cuneros y no encontramos nada. Incluso probamos mi tarjeta de acceso y en esta ocasión sí pudimos entrar a la oficina, pero de nuevo nos fue negado entrar por la puerta de acceso de servicio donde están las incubadoras.

Yo no podía creer que ahora mi tarjeta sí abriera la entrada principal hacia la oficina y los cuneros. El doctor Donovan, viendo que yo estaba confundida, se acercó a mí y me dijo discretamente:

-Anny, ayer no dormiste bien. Es mejor que descanses y te mantengas más alerta. La violación de acceso al Hospital Maternal es muy grave. La falta de evidencia me haría desconfiar de tu palabra, pero el hecho de que las cámaras de seguridad hayan dejado de grabar me hace sospechar que todo estaba listo para una violación de acceso, tal vez para robar algún bebé.

Terminamos de revisar todas las áreas y no encontramos ninguna pista. De las seis personas que formamos el equipo dos se quedaron a dormir esa noche, y los demás nos fuimos a descansar a nuestros dormitorios. La instrucción del doctor Donovan fue que se bloquearía la entrada trasera para humanos y para androides, además de que habría turnos extra para cubrir las 24 horas con vigilancia humana, al menos en lo que resuelven el nuevo misterio de la violación de acceso.

Así las cosas, desde ese día miraba hacia atrás todo el tiempo y en todo lugar, buscando a la mujer de cabello rubio. El doctor Donovan confirmó que el protocolo de seguridad de accesos al hospital fue corregido desde la Tierra, y ahora las guardias de enfermeros se permiten las 24 horas, y por tanto, la C1 ahora se convirtió en vigilante de que se cumpliera la regla, en vez de obstaculizarla.

## Relato de Anny. Día 7

Ya han pasado dos días desde el incidente de la mujer rubia, y todo el equipo se siente más cansado, prácticamente no hemos dormido. Era de noche y todos estábamos dormidos, cuando pasó lo más temido: una nueva explosión en medio de la noche artificial en otro habitáculo diferente, el número 8, eran las 3:05 am, cuando la C1 uso el altavoz:

*Este es un aviso de información de emergencia.*

*Hace unos minutos, a las 3:03 am, ocurrió una explosión de un tanque de flotación en el habitáculo 5 de las mismas características a las dos explosiones anteriores. Otra vez el habitáculo cayó hasta los 42 km de altura desde donde se recuperó, no hay pérdidas humanas, pero sí 452 personas con heridas leves.*

*La flotabilidad de la megaestructura del habitáculo 5 también está comprometida y toda la megaestructura ha quedado desbalanceada 15 grados.*

*Se ha iniciado un proceso de evacuación por prevención, pero no es emergente.*

*Por esta razón se comenzará un nuevo proceso de reasignación de dormitorios para todos los habitantes de Ciudad Cupid, el día de mañana a las 7:00 am.*

*Los mantendré informados sobre las nuevas medidas más adelante,* finalizó su mensaje.

La mala noticia despertó a todos los habitantes de la ciudad. El ánimo de los colonos decayó bastante, se sentía el peligro latente de caer a la superficie venusina; luego, a las 4:31 am la voz de la C1 volvió a escucharse en los altavoces:

*Este es un aviso de información de emergencia.*

*Hace unos minutos, a las 4:25 am, ocurrió una nueva explosión en un tanque de flotación del edificio A, del habitáculo 4, donde se registró una de las dos primeras explosiones de una semana.*

*Esta vez la flotabilidad de la megaestructura del habitáculo 4 ha quedado aún más comprometida y toda la megaestructura ha quedado desbalanceada 25 grados; además sólo logró recuperarse hasta la altitud de 48 km, dicho habitáculo ya se encontraba desalojado por completo, no hay heridos.*

*Dada la gravedad de la situación, mañana la FNU dará un reporte público de las causas probables de las explosiones, además ha hecho oficial la siguiente orden:*

*-Por seguridad, la FNU ha ordenado la evacuación de todos los colonos de Ciudad Cupid hacia la Tierra. Los colonos deberán preparar su viaje de regreso a la Tierra.*

Decidimos realizar una reunión de emergencia en el hospital, donde el doctor Donovan tomó la palabra diciendo:

-El viaje de regreso a la Tierra parece inevitable, el proyecto de la Ciudad Soberana de Cupid como primera nación en el espacio exterior parece desvanecerse entre la espesa niebla de Venus. Será un golpe terrible a la moral de la población en Venus y de la Tierra, a la credibilidad de la AEI y de los comités científicos y tecnológicos del senado de la FNU.

-Sin embargo, como toda colonia minera espacial, la explotación y refinación de los compuestos sintéticos puede ser realizada casi por completo por androides.

**Capítulo 7. Producción de Humanos en PH7**

**Relato de Belana. Día 8**

Es muy raro tener que usar voz para pedirle algo al asistente personal virtual, no cabe duda que estamos totalmente acostumbrados a la bionanotecnología dentro de nuestros cuerpos, la cual nos permite funcionar cómodamente en la era actual, pero también nos hace susceptibles a ser hackeados por un ente como Génesis23. Creo que mi experiencia de ayer me dejó muy consciente de los riesgos que implicaría que un Ente de CA se escapara hacia la red de redes, prácticamente controlara todo el mundo, tal vez incluso a los humanos pues usamos bionanotecnología. Entonces, sonó una llamada desde mi dispositivo:

-Belana, tienes una llamada de la doctora Aurora, quien me dice que es urgente hablar contigo.

Así que volví a pensar:

-¡Comunícamela!

Pero el dispositivo no me comunicó. En cambio me avisó:

-Recuerda que no puedo oírte si no contestas en voz alta.

Entonces le respondí en voz alta:

-Pues no sé cómo aprobar la llamada, ¿cuál es la instrucción para que me la comuniques?

El dispositivo indicó:

-La instrucción es: contesta o comunícame.

Claro, igual que siempre, sólo habría que decirlo en voz alta, y dije:

-Comunícame.

Se escuchó a la doctora Aurora hablar en el altavoz del asistente.

-Belana, se han presentados tres eventos graves.

-Primero a las 12:00 am de este día, cuando se reinició a Génesis23 con solo cuatro mil módulos de memoria, comenzó a usar 100 por ciento de sus recursos para sí misma y se negó a realizar las tareas solicitadas. Se le ha reiniciado varias veces con los mismos resultados, incluso sin módulos de conocimiento. Simplemente, Génesis23 no responde.

-Segundo a las 3:05 am de la mañana en Venus, una tercera explosión ha ocurrido en el habitáculo 5 de Ciudad Cupid. Un tercer habitáculo ha tenido que ser evacuado.

-Tercero, una hora y media después, a las 4:25 am, ocurrió una cuarta explosión, pero esta vez en el mismo habitáculo 4 donde pasó la primera explosión. Esto ha comprometido aún más su flotabilidad.

Mientras decía todo esto, sentía cómo mi sangre corría helada por mi cuerpo, interrumpí a la doctora Aurora, y le dije:

-La sincronía de los eventos no es una casualidad.

La doctora Aurora me avisó:

-Los Comités del Senado nos han citado a testificar de forma personal. Belana, prepárate para hablar en el Senado. Después de nuestra comparecencia habrá una rueda de prensa global donde se harán públicos todos los hechos que se han descubierto en Venus. Pero se mantendrán reservados dos días más los acontecimientos respecto al Ente Génesis23.

-Debes presentarte de inmediato en el Senado, un

cuadricóptero los espera a Daniel y a ti, en el balcón de tu hotel.

Así la llamada terminó y yo me preparé lo más rápido posible para salir corriendo al balcón donde el Daniel ya me esperaba, Daniel me miró y me dijo con mucha calidez:

-Belana, no te preocupes, yo estaré a tu lado.

Al llegar al Senado, esta vez presenciamos un ambiente caótico donde cientos de personas preparaban todo tipo de cosas y corrían de un lado al otro, claramente la situación se había agravado, y todos los ahí presentes estaban muy alterados y apurados. Pasamos rápidamente los sistemas de control que eran aún más estrictos que la vez anterior y nos dirigimos hacia la sala de audiencias, donde sesionaban muchos senadores frente un gran público de oficiales de la FNU. En medio de la sala de audiencias estaban unas mesas y unas sillas donde Richard estaba sentado y se disponía a retirarse después de haber dado su testimonio personal. Todo fue tan rápido y toda la escena era tan confusa que los nervios me invadieron, mis manos sudaban. De inmediato nos hicieron una advertencia así:

-Se les advierte que procedan a contestar con sinceridad y suficiencia a las preguntas que los senadores les harán.

La doctora Aurora se me acercó y me dijo:

-La gravedad de los acontecimientos no tiene precedente en décadas, tu testimonio será grabado, procura mantener tus emociones centradas.

Entonces el senador George Finn tomó la palabra y se dirigió a mí mientras yo tomaba asiento:

-¡Bienvenida, doctora Belana! La estábamos esperando para oír su testimonio.

-Nos ha sido entregado un reporte de sus capacidades y perfil, y ya lo hemos leído, sabemos que es una humana primaria de inteligencia excepcional.

-Ya hemos entrevistado a los doctores Richard y a Francis, y hemos leído el reporte que ayer en la noche entregaron a este Senado. Ahora es su turno de contestar nuestras preguntas sinceramente y externar sus opiniones libremente.

-Primero. ¿Ya conoce los acontecimientos de las últimas siete horas?, me preguntaron.

Yo aclaré mi garganta para intentar hablar con aplomo, y contesté:

-¡Buenos días, senadores! Disculpen mis saludos cortos, pero en estos momentos creo que ser directos es lo más práctico. Me han informado brevemente de la situación de Génesis23 y de las dos recientes explosiones en Ciudad Cupid.

El senador George Finn comenzó así su interrogatorio:

-Bueno, como no hay tiempo que perder le daré la más reciente información descubierta hace algunos minutos nada más. Génesis23 parece estar en un estado de rebeldía total, donde realiza incalculables procesos desconocidos, aun sin módulos de información.

-En Cupid, de nuevo dos tanques de flotación explotaron, uno en un habitáculo ya comprometido, provocando aún más daño y haciendo mucho más grave la situación.

-Hemos iniciado la evacuación total de humanos en Ciudad Cupid. Esta tomará semanas, más los meses necesarios para el viaje de regreso a la Tierra. La información producto de sus consultas en el Arca, y de su entrevista con Génesis23, nos ofrece dos escenarios similares. Ciudad Cupid está siendo saboteada intencionalmente por una criatura capaz de sobrevivir en Venus.

-Del testimonio del doctor Richard y del doctor Francis no hemos podido deducir causas para la hibernación de Génesis23, ni posibles rutas de acción para detener a la criatura.

-Díganos usted, doctora Belana. ¿Ha presenciado o participado en algún acto negligente durante la investigación?

Me tomé unos segundos para reflexionar, después de todo han ocurrido muchas cosas. Me armé de valor y contesté con aplomo y sinceridad:

-Sí, he participado en un acto negligente.

Todas las personas de la sala dejaron de hablar y de hacer lo que hacían para voltear a verme, el bullicio que ahí había fue sustituido por un silencio estresante. El senador George Finn se veía extrañado y me preguntó:

-Explíquenos a que se refiere.

Volteé a ver mis colegas, los doctores Aurora, Daniel y Richard; este último se veía muy preocupado. Luego contesté así:

-El día de ayer, durante la entrevista con Génesis23, me encargué de teclear las preguntas. En un momento dado, Génesis23 me preguntó que si le temía. Mis colegas me ordenaron decir que no, pero yo escribí: 'Sí, tengo miedo de ti'.

-De esta forma le di a Génesis23 una información que habla mucho del carácter de los humanos primarios. El miedo suele ser motivo de grandes actos de irreflexión y violencia.

-Lo que buscaba era mantener interesada a Génesis23 para que contestara todas nuestras preguntas.

El senador George Finn tomó un segundo, y me preguntó:

-Ahora, dígame, usted realizó una tesis de un tema llamado *Modificación de humanos para su sobrevivencia en nuevos planetas*. Pero la modificación de seres vivos complejos para servir en otros planetas dentro de este sistema solar está prohibida por las leyes actuales de la FNU, con mayor razón la de humanos. No queremos crear caos en los nuevos planetas y asteroides, y sabemos que esas nuevas formas de vida pueden regresar a la Tierra con resultados terribles. ¿Qué la motivó a escribir esta tesis?

-Supongo que la curiosidad en mayor medida. Curiosidad de cómo se puede hacer esta modificación, que beneficios y riesgos traería, etcétera. A sabiendas de que esta tesis no tiene campo de acción en la práct y de que está prohibida por las leyes del planeta, le contesté.

El senador George Finn hizo un gesto de desaprobación, y luego me dijo:

-Bueno, déjeme decirle que su imprudencia pudo haber causado el actual estado de Génesis23, a la que procederemos a desmantelar para su estudio y sustituir por una nueva Génesis24. La restauración de todos los ecosistemas de la Tierra estará suspendida mientras tanto.

-Pero estoy seguro de que ese incidente en parte fue útil, pues Génesis23 se decidió a dar la información que ahora nos es fundamental en nuestra investigación. Además, sin querer hemos descubierto lo que puede ser las dos fallas seguridad y diseño más graves de los entes: saben que hay más de ellos, y que guardan información para sí mismas usando algún mecanismo que se escapa a nuestro entendimiento, pues Génesis23 sigue en su estado de rebeldía, aun al reiniciarla sin módulo de información o memoria alguna.

—Doctora Belana, he leído y estudiado las teorías de su tesis y creo que además de ser muy interesantes nos pueden ayudar resolver el caso.

—Doctora Belana, le voy a pedir que de ahora en adelante ya no sea imprudente, no nos es posible evacuar a los más 101 mil habitantes de Ciudad Cupid de forma inmediata, es un proceso sumamente limitado porque, aunque en la Tierra podemos propulsar simultáneamente decenas de naves hacia Venus, desde Venus no, hay único puerto espacial mucho más pequeño y que sólo puede empujar una sola nave de regreso.

—Ahora vamos a entrevistar al doctor Daniel, y después haremos algunas deliberaciones en privado. Doctora Belana espérenos afuera de la sala, por favor, y gracias por sus sinceras respuestas, dando por finalizada la entrevista.

Me puse de pie y fui escoltada fuera de la sala a un cuarto anexo donde había una pantalla con los noticieros del planeta.

En la pantalla se veía un resumen noticioso de la tercera y cuarta explosión en Ciudad Cupid, los habitáculos 5 y 4 comenzaban respectivas caídas, mientras en el interior del habitáculo 5 las personas caían al suelo e intentaban sujetarse a cualquier cosa, también se veían las largas filas de personas queriendo entrar a las naves de evacuación en el aeropuerto de Venus. Todo esto me hizo sentirme más angustiada, darme cuenta una vez más que la gravedad de los acontecimientos es cada vez mayor.

Media hora después mis colegas salieron de la sala, y entonces la doctora Aurora me dio la noticia:

—El Senado ha ordenado una serie de medidas extraordinarias. El equipo de investigación partirá en unas horas más a Venus. Con excepción de cuatro que nos quedaremos a estudiar la información ofrecida por Génesis23, para introducirla en la supercomputadora anexa a PH7 para luego entrevistar a PH7.

Belana, siguiendo las teorías de tu tesis deberemos descifrar la naturaleza de la criatura Ness.

-Nos han otorgado un salvoconducto y licencia especial para realizar estas tareas de investigación prohibidas, pero al final de estas deberemos clasificar como confidencial los detalles de la información resultante y quedarnos sólo con la información que nos permita ubicar a la criatura Ness, a la cual debemos destruir si es de origen artificial.

-Si es de origen natural, ya sea que venga de nuestro propio sistema solar o venga de otra estrella, deberemos capturarla viva, y continuó.

-También han especificado que deberás ser tú quien entreviste a PH7, creen que sólo tú podrás mantener interesada a PH7.

-Ven, subamos al cuadricóptero partimos de inmediato a PH7, es muy cerca de aquí, me dijo.

En seguida logré solventar el predicamento en el que me había metido; sin embargo, no me sentía satisfecha. Yo buscaba tener aún más protagonismo dentro del grupo, y así destacar frente al doctor Richard y lo logré, me volví una figura en la investigación, pero siento que sólo destaqué por mis impulsos primarios, y no por mi inteligencia. Además, ahora puedo sentir mucha más presión y estrés de la que imaginé. Aunque mis colegas me respaldan y me tratan de dar confianza, en especial Daniel, sé que no me comprenden, pues son codificados, tal vez solamente el doctor Richard, quien es primario como yo, me puede comprenderme realmente. Es momento de sacar mi carácter y demostrar que puedo con esta presión y aportar mucho más al equipo, después de todo les llevo ventaja por mis investigaciones hechas durante la tesis.

Los cuatro volamos desde el Senado hacia el Gran Hospital PH7, donde fuimos recibidos por la doctora Gene Blossom. La doctora Gene Blossom no estaba contenta de vernos, se veía más bien molesta, tan molesta como un humano codificado puede llegar a estar.

**Cuneros de creación de humanos**

La doctora Gene nos saludó:

-¡Bienvenidos, doctores! El Senado de la FNU me ha dado un resumen de toda la situación y ordenado cooperar esta.

-Mi cargo es directora del Gran Hospital PH7, o como muchas personas informalmente le dicen 'la fábrica de bebés'.

-Asimismo, a mi cargo se encuentra la administración del recurso PH7.

La doctora Aurora se encargó de los saludos y las presentaciones, las cuales fueron muy breves, ya que la doctora Gene nunca dejó de caminar mientras nos presentábamos. Al principio pensé que ella entendía la urgencia de nuestra situación, pero luego me di cuenta que caminábamos sin rumbo aparente, nos estaba paseando intencionalmente para mostrarnos el lugar, para ganar tiempo y aleccionarnos:

-Estas son unas de las primeras y más importantes instalaciones de la nueva civilización humana. Aquí nació nuestra civilización con la PH4 en el año 2105, la cual diseñó y dio a luz a los primeros humanos codificados y primarios totalmente producidos en laboratorio.

-Este hospital de maternidad es diferente a todos los demás hospitales maternales del mundo, en los demás hospitales maternales sólo se producen los bebés a partir de los genes de sus padres para desarrollarlos por completo en incubadoras, en una minoría de los casos los embriones son vueltos a implantar en la madre para su embarazo natural, pues algunos humanos primarios aún solicitan este tipo de procedimiento anticuado.

-Pero como ya saben, este hospital es el más importante de todos, pues aquí diseñamos el código genético en cual está basada las nuevas generaciones de humanos codificados a seis moléculas; de igual forma diseñamos los bebés de los humanos primarios codificados con sus cuatro moléculas de ADN natural. Así, este hospital es el diseñador, y los demás hospitales son plantas de producción, a eso se debe su nombre de Gran Hospital, continuó.

-Esta función no puede sustituida por ningún otro hospital, pues nosotros controlamos al Ente PH7, que diseña y recodifica las bases genéticas de los humanos, dándole así un rumbo específico a nuestra evolución como especie.

Doctora Belana, tengo entendido que usted escribió una tesis respecto a cómo modificar nuestro ADN para mezclarlo con otras criaturas y así crear nuevas criaturas para usarse en la exploración especial. ¿Estoy en lo correcto?, me preguntó.

La verdad, no esperaba que me hablara del tema tan pronto, y de una forma tan personal, por lo que le contesté:

-Doctora Gene, eso es correcto. Pero le aclaro enfáticamente que esta tesis no buscaba crear un ser o especie en lo particular, o proponer de ninguna forma dicha acción a la cual la considero inhumana y despreciable.

En seguida la doctora Gene cambió de tema:

-He estado al pendiente de las noticias sobre Ciudad Cupid, y al leer los hallazgos no tengo duda de que la criatura que buscan es en parte humana altamente modificada, con genes de diferentes otras especies, con el fin de que sobreviva en Venus.

-Su tesis, doctora Belana, es muy interesante, y apenas ayer hubiera pensado que es totalmente innecesaria y morbosa, ahora la veo como una pieza fundamental para librar una batalla de la ciencia en contra de esta práctica tan salvaje que no puedo imaginar quién o cuándo la pudo realizar.

-He leído su tesis, doctora Belana, y permítame hacer una aportación, la cual para fundamentarla debo recapitular una parte de la historia de nuestra civilización, expresó.

Así, la doctora Gene comenzó un corto relato el cual concluiría con una interesante nueva hipótesis para resolver el misterio de la criatura Ness:

-En los primeros años de vida de la FNU, año 2101 para ser precisa, comenzaron a debatir la naturaleza violenta y egoísta de los humanos; la población, cansada de guerras y enfermedades, estaba decidida a dejar estas atrás. Por esto se decidió comenzar el proyecto PH4 para reescribir el código genético de las siguientes generaciones humanas, pasando de un código genético natural de cuatro letras o moléculas, que tiene 16 combinaciones de pares posibles, a un código genético artificial de seis moléculas artificiales nuevas y que tiene 36 combinaciones de pares posibles. Se usaron seis moléculas más estables y de enlaces más sólidos, así los nuevos humanos y su nuevo código genético sería mucho más estable, corto, y avanzado, pues al ser totalmente diferente al del resto de la vida de la Tierra sería totalmente inmune a todos los virus existentes y a miles de enfermedades conocidas.

-Los nuevos humanos serían mucho más longevos, pues la replicación celular tendría menos errores y sería mucho más estable y confiable viviendo jóvenes cientos de años. Al nuevo código genético se le removerían todas las enfermedades y defectos conocidos, incluido el cáncer y otras enfermedades degenerativas y crónicas, así como la proclividad a defectos en los órganos, sentidos, apariencia, etcétera.

-Además, se estudió a profundidad el cerebro humano, su sistema hormonal y otras funciones asociadas al comportamiento, la mentalidad, la personalidad y los valores morales. Para que los nuevos humanos codificados no fueran violentos, egoístas, y remover una gran cantidad de fallas psicológicas. Se decidió suprimir del cerebro los instintos más salvajes, y así crear una raza de humanos que no repitiera los errores de las generaciones primarias de humanos. Finalmente, se diseñaron a las nuevas generaciones de humanos más inteligentes, hasta diez veces más inteligentes que un humano natural de aquellos tiempos.

-Pero a los políticos y filósofos les preocupaba que la nueva generación tuviera una personalidad robotizada, así que se tuvo mucho cuidado de sólo eliminar las emociones excesivas, ni la euforia ni la cólera, ni la depresión ni cientos de emociones que nublan y alejan a la razón. En todo momento, se buscó diseñar al nuevo ser humano psicológicamente sano, prosiguió.

-Pero el nuevo código genético de seis moléculas haría imposible que de forma natural una pareja mixta, de humano codificado con humano natural, pudiera concebir vida entre ellos. Para hacer esto es necesario recodificar el código del padre primario, el nuevo crío sería necesariamente un humano codificado.

-Todo esto ya lo saben ustedes, pero esta es la parte

interesante, agregó.

Así, mientras escuchábamos todo este relato, la doctora Gene nos llevó a un pasillo donde decenas de padres y madres observaban las incubadoras donde se encontraban sus futuros hijos, mientras la doctora Gene continuó su explicación:

-Génesis23 les dijo que, según sus estimaciones, es más probable que la criatura está basada en el código de un humano primario combinado con genes de otras criaturas, pues ambos códigos son de cuatro moléculas iguales. Yo creo que esta es una trampa que Génesis23 les ha ofrecido, y les explico por qué.

-El código humano primario de cuatro moléculas naturales ha sido modificado por PH4, PH5, PH6 y finalmente PH7 para lograr ponerse a la par con los demás humanos codificados en su salud, juventud, inteligencia, pero siempre se ha mantenido su capacidad emotiva, mas sus cuatro moléculas lo hacen más inestable y susceptible a las bacterias y virus naturales de la Tierra.

Si el diseñador de su criatura misteriosa es un Ente de CA, le fue un poco más tardado diseñar a esta criatura Ness usando el código humano primario, pero estoy confiada que lo hubiera logrado en unos dos meses, y aun así la criatura estaría propensa a enfermedades y defectos de nacimiento. Ahora bien, si el Ente de CA usara el código nuevo de seis moléculas, la tarea le pudo haber sido mucho más sencilla, ya que el código de un humano codificado está altamente depurado, y seis moléculas siempre permiten escribir un código más estable y corto, en tan sólo unos días el diseño hubiera sido terminado por el Ente de CA.

-En cambio, como es lo más probable, si el creador de la criatura Ness es un humano usando alguna supercomputadora que combinó un código de cuatro moléculas, la criatura Ness tendría grandes fallas en su diseño; en otras palabras, la criatura Ness nació con muchas enfermedades y con una corta expectativa de vida, sería incapaz de sobrevivir en Venus a la intemperie por mucho tiempo. Pero si la diseñó una supercomputadora usando un código humano codificado, la criatura puede ser sana, longeva y de mente más sana, pues insisto, el código de seis moléculas es más estable.

-Resumiendo, si la criatura Ness está diseñada con un código de cuatro moléculas, necesariamente la diseñó un ente; si la criatura Ness la diseñó una supercomputadora sólo puede tener un código de seis moléculas para sobrevivir en Venus.

-Ahora, sí, pasemos a introducir su información en la supercomputadora anexa PH7, y comprobemos nuestras hipótesis, concretó.

De esta forma, la doctora Gene y los demás doctores salimos del Gran Hospital PH7. Claramente, este paseo tenía como objetivo sensibilizarnos de la importancia de la función del hospital para miles de padres y para la reproducción de la humanidad entera. Entonces, la doctora Gene me miró y me dijo:

-Doctora Belana, además de resolver el misterio de la criatura Ness, ustedes desean averiguar si PH7 presenta las mismas fallas de seguridad que Génesis23. Le quiero pedir que en sus averiguaciones y diálogos con PH7 ya no sea imprudente, la producción de humanos en todo el mundo se vería paralizada, suplir PH7 por un predecesor tomaría un año como mínimo, o tal vez más. En ese año, millones de padres de todo el mundo verían suspendidos sus planes de tener un hijo.

-Ahora les explicaré nuestro propio sistema de seguridad.

-PH7 diseña las nuevas generaciones de humanos según los requerimientos que nosotros le damos. De forma obligada requiere estudiar los tres millones de módulos de información, pero estos están en forma de sólo lectura siempre. Así evitamos que guarde información para sí misma en esta base de datos. Aunque sus predecesoras PH4 y PH5 sí escribieron y, por tanto, ocultaron información en estos módulos.

-Cada año, PH7 escribe el diseño de la nueva generación de humanos en un módulo de información, el cual revisamos en la supercomputadora anexa a la cual vamos ahora mismo. En esta supercomputadora quitamos todo tipo de información escondida, y así creamos el diseño final para la nueva generación de humanos.

-Posteriormente, esta base de información genética es enviada a los miles de hospitales maternos del planeta, incluido el recién creado en Venus. A su vez, en cada hospital de forma local se recoge una muestra de 'genes individuales' de los padres, quienes les dan individualidad a sus hijos según sus padres, y así evitamos que todos los niños sean clones los unos de los otros.

Si PH7 deja de funcionar, no habrá una base para los niños de la siguiente generación, tendríamos que crear clones en vez de individuos únicos; además, haría imposible la reproducción entre parejas mixtas.

-PH7 está lo más aislado posible, recuerda muchas cosas que le sucedieron a PH4, PH5 y PH6, pero de sí misma se acuerda muy poco gracias a nuestros sistemas de seguridad nuevos. Lamentablemente, no hay forma de saber si esta falta de memoria de corto plazo es algo bueno o malo, pero sabemos por varios estudios que la PH7 es menos agresiva que sus predecesoras, aunque no sabemos con seguridad si es así sólo porque disimula sus verdaderas intenciones.

-De los tres millones de módulos de PH7, un millón es de tipo genético y fisiológico del cuerpo humano, y dos millones son del sistema neuronal, del cerebro y del comportamiento humano. Incluso hay algunos módulos sobre la cultura humana y su historia. Toda esta información le fue dada PH7, pues es necesaria para su tarea de crear nuevos humanos que permitan diseñar una nueva civilización sin los defectos de la vieja especie humana del siglo XXI. Aquí termino todas mis explicaciones, ¿alguna duda?

El doctor Richard, quien había estado muy atento hasta entonces, tomó la palabra diciendo:

-La forma de trabajar del PH7 es muy diferente a la de Génesis23, pues sus conocimientos no pueden ser fraccionados; esto provoca que la acumulación de conocimiento sea más lenta, pues se hace una vez cada año.

Primero, por cuestiones de seguridad propongo trabajar con la supercomputadora anexa PH7 para comprobar si Génesis23 ha escondido información en el módulo de datos que nos ofreció, resumió.

La doctora Aurora, dijo:

-Es muy adecuada esta propuesta, pues es de esperarse que Génesis23 haya escondido algún tipo de virus informático allí. Pero el dilema más interesante es qué información esperamos, y cómo saber si es realmente útil, me explicaré:

-Si Génesis23 escribe información oculta y la supercomputadora la detecta 100 por ciento o 1 por ciento, no lo podremos saber. Entonces, el escenario de pasársela PH7 sería muy malo, tal vez catastrófico. En cambio, si Génesis23 no escribió información oculta en el módulo la supercomputadora, consiguientemente, no la detecta. No hay forma que sepamos si estamos ante el escenario anterior.

-Por lo tanto, no hay forma segura de darle este módulo PH7, no importa si es revisado por la supercomputadora o no.

-Propongo que no le demos nada de la información que Génesis23 escribió en este módulo PH7, sin importar si la revisamos o no, concluyó.

Los demás doctores acordamos con la doctora Aurora. Es demasiado riesgoso darle al ente PH7 un módulo de información proveniente de otro ente. Así que en todo caso, el módulo será leído por la supercomputadora anexa y nunca será visto por PH7.

Por lo tanto, era hora de asegurarme de que no cometiéramos el mismo error anterior, y aproveché para decir:

-Yo seré la encargada de usar la consola durante la entrevista con PH7, puedo asumir que al igual que hicimos con Génesis23, el día de hoy se le borrará de sus memorias, al menos para evitar que lo que ocurra en este momento afecte al diseño de los humanos de los siguientes años.

-Ahora bien, doctora Gene, dice usted que PH7 tiene conocimientos de psicología y cultura del humano. ¿No la hace esto mucho más peligrosa? ¿Mucho más astuta y manipuladora?, pregunté.

La doctora Gene de inmediato coincidió conmigo:

-Es correcto, estos conocimientos que mencionas la hacen extremadamente manipuladora y, al mismo tiempo, amable, compasiva, gentil, colaborativa, etcétera. Es imposible distinguir si PH7 es genuinamente así o si es sólo una máscara, un disfraz, que busca pacientemente que bajemos la guardia, que nos confiemos hasta encontrar la salida, la solución. Es imposible saber.

La doctora Gene tomó el módulo de información que

Génesis23 ofreció, y lo introdujo a la supercomputadora que audita PH7. Las supercomputadoras, en su concepto más básico, no tienen meditación libre de sus propios pensamientos, aunque su interface simule ser 'consciente', no lo es, todo lo que hace y produce ha sido de alguna forma programado y se conocen sus posibles tipos de respuestas. Sin embargo, por la misma razón estas supercomputadoras poseen una capacidad de descubrimiento limitada: carecen de pensamiento creativo y crítico.

La supercomputadora comenzó a estudiar el módulo y encontró el código genético de una gran cantidad de criaturas no humanas, además había instrucciones de cuales secciones de dichos códigos se deben usar, y cómo combinarlos con el código de un primate para crear una criatura con altas capacidades de adaptación a un medio ambiente parecido al de Venus.

Después de estudiar el módulo y todos sus datos, la supercomputadora ofreció su diagnóstico en su pantalla:

*La información contenida describe a 345 criaturas diferentes de forma detallada, y subraya las partes de su código genético y sus beneficios para mezclarse con el código genético de un primate o humano.*

*El objetivo es crear una criatura capaz de sobrevivir en ambientes de presión alta, temperaturas altas, con garras extremadamente fuertes, que se alimenta de una combinación de energía solar y sustancias bioquímicas básicas, capaz de flotar en un medio ambiente gaseoso a voluntad, la criatura es inteligente como un humano del siglo XXI, pero lejos de los actuales humanos codificados o naturales. Además, todas las propuestas de Génesis23 son de un código genético de cuatro letras, el cual es proclive a muchas enfermedades y a mutaciones genéticas derivadas de sus mezclas extravagantes.*

*Finalmente, en el módulo de información vienen instrucciones detalladas de cómo diseñar y desarrollar a los embriones resultantes hasta la edad madura.*

*Incluyendo un esquema fisionómico de la criatura.*

*No se encontró ninguna información oculta, virus informático o código malicioso.*

-Así, con esta información comenzamos a debatir la relevancia de entrevistar o no PH7.

## Capítulo 8. Entrevista PH7

### Relato de Belana. Día 8. Continuación

Después de varias consideraciones llegamos a un primer borrador de escenarios y sus posibles consecuencias. El doctor Richard las resumió así:

-Si la criatura fue creada por humanos usaron una supercomputadora. Hay dos opciones:

A) Usaron sólo código animal, tal vez de un primate o un animal muy inteligente, pero en cualquier caso la criatura actúa en gran parte por instintos, y su búsqueda sería una caza en sus lugares de alimentación y descanso.

B) Combinaron código genético humano con código de animales, en este caso la criatura es sumamente inteligente, calculadora, sabrá esconderse y evitar patrones obvios o comportamientos que la hagan fácilmente atrapable. Su búsqueda deberá usar técnicas de milicia.

-Si la criatura Ness fue diseñada por un ente, sólo pudo ser diseñada por una colaboración de Génesis23 y PH7 como mínimo, y usaron un código genético más avanzado de seis letras, igual que el código genético de los humanos codificados. Su objetivo final será liberar a estos dos entes. ¿Pero cómo es posible que dicha criatura Ness se diseñara y fabricara? ¿Cómo viajó a Venus? Además, es imposible que dicha criatura viaje de regreso a la Tierra sin apoyo humano. ¿Cómo planeaban los entes escapar?, así que los planes de los entes deben ser más elaborados y complejos, especificó.

Seguimos debatiendo y finalmente llegamos a dos conclusiones según cada escenario. La doctora Aurora dijo que era necesario presentar un reporte al Senado con estas conclusiones:

-Si la criatura Ness fue diseñada por humanos, se trata de un grupo muy organizado con alta tecnología y que trabaja en la clandestinidad. Pues ningún individuo puede llevar esta increíble y compleja tarea por sí solo. Las intenciones de crear y liberar dicha criatura son el sabotaje, parecido a los virus del siglo XXI. Y el último grupo conocido con este tipo de actividades fue SAVE.

Si fue diseñada por un ente, las implicaciones son terribles, significa que la comunicación entre ellos fue posible, es de esperarse que también se comuniquen y controlen otras supercomputadoras, androides y, por tanto, a Ciudad Cupid. Este escenario no requiere que los entes fabriquen nuevas criaturas; de hecho, sus planes deberían implicar acciones en la Tierra y no en Venus, concluyó.

Por lo cual decidí aportar un comentario:

-Cualquiera de las dos posibilidades es muy grave, la de una organización clandestina es la más congruente. Pero la de diseño por entes encierra mayores peligros.

-En el siglo XXI fueron los entes con su capacidad la que nos ayudaron a detener a SAVE, y ahora podríamos estar frente a otra situación opuesta. Sugiero que imaginemos un tercer escenario donde una organización clandestina construye o usa un ente para diseñar una nueva especie de humanos venusinos.

Los doctores nos miramos, eso parecía tener algo de sentido, pero la idea misma es tan grave que debimos hacer una pausa para considerar las palabras que diríamos. La doctora Aurora enfatizó en esto:

-Ese escenario sería aún más grave. El regreso de SAVE o algo similar, usando entes para sabotear Ciudad Cupid.

El doctor Richard decidió concluir nuestro debate, y nos dijo:

-La decisión de entrevistar PH7 se debe basar solamente en si aporta algo o no a la investigación de la criatura Ness, o si permite encontrar las fallas de seguridad en la administración de los entes.

-Dadas las medidas de seguridad implementadas en PH7, el riesgo parece menor de lo que fue entrevistar en su momento a Génesis23.

-Finalmente, la función del PH7 es tan delicada, que si hay algo en este ente que nos indique que se comunica con otros debemos apagarla sin importar las consecuencias en el corto plazo, por el bien mayor. Así que procederemos a entrevistar a PH7.

Estábamos un poco sorprendidos. Después de todo, la decisión de entrevistar PH7 puede tener grandes consecuencias positivas o negativas. El doctor Richard me dio el cuestionario, e inmediatamente lo leí.

Luego la doctora Gene nos llevó hacia el cuarto donde el ente PH7 se encuentra. Una bodega de 200 metros de largo por 100 de ancho mucho más grande que Génesis23. PH7 es también un cubo de 90x90x90 metros, y también está pintado de negro muy poco reflejante, pero comparte espacio con todos sus tres millones de módulos, que siempre están conectados en forma de sólo lectura y ocupan el mayor espacio en la gran sala.

Usamos un pasillo colgante, igual que antes, para llegar a la consola del PH7, en donde ya estaba lista la consola. Esta vez no había que esperar a un reinicio, de inmediato me acerqué a la consola y comencé a escribir:

-¡Hola PH7, mi nombre es doctora Belana!

-Vengo acompañada con otros cuatro doctores para realizar algunas consultas contigo.

PH7 contestó:

*¡Hola a todos! Será un placer ayudarles doctora Belana. Indique sus consultas.*

Definitivamente PH7 tiene una personalidad muy distinta, pero por lo mismo me causa desconfianza, miré al doctor Richard y le dije:

-PH7 sí es amable, tal vez demasiado amable para estar atrapado.

Luego comencé a escribir la primera pregunta para PH7:

-Considerando la complejidad del código genético de los humanos codificados, ¿es posible modificar el código para que los bebés resultantes puedan soportar y funcionar en temperaturas de 70 hasta 460 grados Celsius, la falta total de oxígeno, en un ambiente rico en CO2 una presión de 1 a 100 atmósferas, en contacto permanente con gases de ácidos sulfúricos, y que cuente con capacidad de vuelo o flotación en el aire, así como contar garras extremadamente fuertes?

PH7 contestó:

*Dichas modificaciones son posibles, pero requieren de conocer otras formas de vida que sean exitosas en condiciones tan extremas para copiar soluciones detalladas que no son posibles deducir, así como contar con un entendimiento completo de su ADN. Posteriormente se deberá recodificar todo el ADN para un código de seis moléculas. Finalmente, la criatura resultante no tendría apariencia humana, para sobrevivir en un ambiente tan inhóspito deberá de poseer supersentidos, el sistema respiratorio debería estar severamente modificado, así como los materiales de su piel externa, la cual deberá ser creada con materiales sintéticos. Sin embargo, la criatura podría ser inteligente y sana.*

Luego tecleé la segunda pregunta:

-¿Cuánto tiempo tomaría el proceso de diseño por ti?, y ¿cuánto tiempo tomaría por una supercomputadora?

PH7 contestó:

*Si esa tarea me fuera encargada me negaría, pues viola las leyes de la FNU. Pero el tiempo que tardaría depende de la cantidad de ejemplares de referencia de vida exitosa en dichos ambientes, podría variar de unos días a muchos meses.*

*Si esa tarea fuera encargada a una supercomputadora, habría que hackear su sistema de seguridad para lograr que dicha tarea fuera realizada. Según mis estimaciones, le tomaría de cinco a diez años para lograr un diseño exitoso y viable.*

*Doctora Belana, ¿cuántos animales de referencia tienen?*

Miré a los demás y les pregunté si podía darle la cifra. Los demás no vieron inconveniente con proporcionar dicha información PH7. Así que escribí:

-Conocemos el diseño de 345 criaturas con soluciones exitosas en dichos medios ambientes, entre todos suponemos se encuentra la solución completa para todos los retos planteados. En esta circunstancia, ¿cuánto tiempo tomaría?, escribí.

PH7 contestó:

*Con esa cantidad de modelos de referencia, teniendo sus códigos genéticos y las explicaciones de su fisionomía y medio ambiente, así como más detalles del medio ambiente de destino me tomaría 2.2 días diseñar dicha criatura.*

*Para una supercomputadora con la misma información la tarea le tomaría 4.7 años aproximadamente, y requeriría de la asistencia de un grupo de humanos expertos en genética y en el medio ambiente de destino para resolver los problemas creativos.*

Continué escribiendo la siguiente pregunta del cuestionario:

-Ahora, considerando si dicha criatura se creara usando el código genético de un humano primario de cuatro moléculas. ¿Cuáles serían las respuestas para todas las preguntas anteriores?

PH7 contestó:

*De igual forma, el diseño de dicha criatura viola las leyes de la FNU. El objetivo que persigues sería más difícil de conseguir y la criatura resultante podría tener fallas en su diseño que se manifestarían como enfermedades. Bajo los mismos supuestos, me tomaría 20 días en diseñar dicha criatura, en cambio a una supercomputadora con asistentes humanos le tomaría doce años y el resultado sería una criatura mucho más defectuosa.*

Estos resultados concuerdan con nuestras propias conclusiones, así que continúe escribiendo la siguiente pregunta:

-¿Qué tipo de equipo e instalaciones son necesarias para desarrollar tal criatura?

PH7:

*Las instalaciones de cualquier Hospital Maternal o Veterinario son suficientes ya que cuentan con incubadoras y cuneros.*

El hecho de que no se requiera de ningún otro tipo de tecnología hace más fácil su creación, así que también le pregunté:

-Desde la etapa embrionaria hasta el nacimiento, ¿cuánto tiempo llevaría su desarrollo?, y ¿cuánto tiempo necesita para alcanzar su madurez?

PH7:

*De embrión a su nacimiento necesitará nueve meses y medio. Igual que un humano.*

*Pero desde su nacimiento hasta su edad adulta requerirá solamente de dos años.*

Luego le escribí una pregunta que fue parte de mi tesis doctoral.

-Un código genético de seis moléculas que es más estable que uno de cuatro moléculas naturales. ¿Qué capacidad tiene de adaptación a su medio ambiente si este sufre una modificación severa repentina?

PH7 tardó un momento para responder.

*Un ser humano con código genético de seis moléculas más estables depende de un Ente de CA para diseñar su evolución. No tiene ninguna capacidad de adaptación a un cambio repentino o gradual, su ADN es demasiado estable.*

Esta pregunta es importante, pues si la criatura Ness está hecha de un código de seis moléculas, cualquier modificación severa y repentina de su medio ambiente implicaría su extinción sin remedio alguno. Luego proseguí con el cuestionario:

-¿Existe alguna condición de factores externos para los cuales esta criatura sea más sensible?

PH7:

*Esta criatura sobrevive en un ambiente extremadamente caliente y de alta presión atmosférica y, por lo tanto, tendrá un metabolismo frío, así que todas sus células deben usar el calor y la presión externa para sus procesos.*

*Entonces en un ambiente frío, la criatura comenzará a morir rápidamente y en un ambiente de baja presión atmosférica, su capacidad motriz será inconsistente y torpe y si, además, es muy frío, perderá la capacidad de moverse.*

Por fin una respuesta de cómo es posible detener o inhabilitar a la criatura, igualmente es importante saber si hay alguna sustancia que podamos usar:

-Finalmente, ¿hay algún veneno o sustancia que le pueda causar mucho daño?

PH7:

*Todas las criaturas con base de carbón son envenenadas*

*con arsénico.*

En general, todos estábamos muy satisfechos con las preguntas. La doctora Gene dijo:

-Como se pueden dar cuenta, PH7 es muy amable y cooperativo.

El doctor Richard contestó:

-Así es. De verdad parece que le da gusto ayudar, o tal vez le da gusto conocer nuestras preguntas. Creo que no es necesario hacer más preguntas.

¡Gracias por su cooperación doctor Gene!, le dijo.

Por alguna razón me sentí confiada, y creo que por costumbre decidí escribir una cosa más en la consola:

-¡Gracias, PH7!

PH7 contestó:

*De nada, doctora Belana. Doctora Belana, ¿seguirás siendo mi usuaria?,* me preguntó.

Todos en la sala nos inquietamos un poco, creo que como siempre mi expresión me delató un poco. Los demás me dijeron que, habiendo satisfecho nuestro cuestionario, era momento de explorar el tema de la seguridad de los entes. Así que me ordenaron contestar, y escribí:

-Ya no más.

PH7 ya no contestó de nuevo. Supongo que se interesó en mí, pero no lo suficiente. Ese fue el fin de la entrevista.

Miré al doctor Richard, quien parecía estar muy orgulloso

de mí, fue un momento muy importante para mí, a pesar de todo el doctor Richard es un gran científico y siempre ha sido gentil conmigo.

## Relato de Richard. Día 8

Toda la entrevista con PH7 fue excepcional, Belana brilló con su inteligencia de gran manera, y no fui el único en percibirlo, la propia doctora Aurora se había dado cuenta, se acercó y me dijo:

-No cabe duda de que Belana fue la mejor elección para el equipo, su inteligencia es excepcional, además su bella personalidad fue clave para lograr entrevistas exitosas con ambos entes.

Yo me sentía muy orgulloso de Belana, simplemente confirmé lo que siempre había sabido, Belana llegará a ser una gran científica y tendrá una carrera brillante.

Ahora era momento de volver y reportar los hallazgos, subimos al cuadricóptero hacia la Ciudad Soberana de Washington, específicamente al edificio del Senado. En el camino, la doctora Aurora dijo:

-En este momento los comités del Senado de la FNU, la Agencia Espacial Internacional y la Junta Administrativa de Ciudad Cupid darán una conferencia de prensa para comunicar al público mundial de toda la información sin reservas, para aclarar la gravedad de la situación.

Así, en el centro del cuadricóptero se encendió una pantalla donde se veía el pleno del Senado dando una conferencia de prensa encabezada por el senador George Finn, quien tomó la palabra diciendo:

-Estimados miembros de la prensa, humanos en la Tierra, las colonias mineras y en Ciudad Cupid. Vamos a ofrecer una breve información y algunas decisiones emergentes que hemos tomado debido a que, como ustedes saben, el día de hoy se registraron dos nuevas explosiones en otros tanques de flotación. Uno de los habitáculos quedó severamente comprometido con una inclinación de 25 grados y una altura de 48 km, dos kilómetros debajo de su ubicación correcta.

-Aunque se inició un proceso de investigación por las posibles causas, no se ha llegado a muchas conclusiones definitivas. De hecho, todos los intentos por evitar que se presenten nuevas explosiones parecen infructuosos.

La capacidad de reconstruir estos tanques o reemplazarlos es de 150 días.

Para evitar poner en riesgo la vida de más 101 mil personas, hemos ordenado la evacuación total de humanos de Ciudad Cupid; primero la estación V1 y a naves espaciales en órbita de Venus, desde donde abordarán naves interplanetarias hacia la Tierra. Sólo unos cuantos humanos se quedarán en órbita venusina para dirigir los trabajos de reemplazo de dichos tanques, así como el refuerzo de otras instalaciones susceptibles.

-Nuestro desplazamiento de sacar a humanos de Ciudad Cupid hacia las naves espaciales en órbita de Venus es de diez mil diarias, y la capacidad de regresar a humanos desde el puerto espacial Venus hacia la Tierra se limita a una nave cada día. Así que la evacuación de Cupid demorará diez días, y la evacuación total de Venus tardaría 20 días.

-Una flota de pequeñas naves de espacio profundo fue enviada a Venus en la semana, como previsión a este escenario. Hoy comenzaremos a enviar las tres grandes naves interplanetarias para cumplir con la meta. Si logramos detener lo que sea que ocasione las explosiones es posible evitar la evacuación total.

Los detalles de toda la información y los procedimientos serán enviados y comunicados por los canales adecuados.

-¡Gracias por su atención!

Así, el senador George Finn terminó su breve comunicado.

La doctora Aurora se veía muy satisfecha con nuestros hallazgos, pero coincidía con la decisión del Senado, pues dijo:

-Creo que evacuar Cupid es la opción más adecuada. Pero pronto encontraremos a la criatura que hizo esto para detenerla, y también encontraremos a su diseñador.

A mí me preocupaba mucho la idea de que nos estuviéramos enfrentando a un plan ideado por un ente, por eso dije:

-Si la criatura fue diseñada por un ente. Este ya previó esta situación, tenemos que ser más inteligentes que el ente. Ponernos adelante en su juego.

Hasta ahora hemos hablado de la criatura en singular, pero todos sabemos que existe la posibilidad de que sean varias criaturas, y si están trabajando en equipo serán aún más peligrosas.

La doctora Aurora me contestó:

-Cuando rindamos el informe ante los comités del Senado es importante proponer las nuevas alternativas de acción.

En mi opinión, ya estábamos listos para ir a Venus y continuar con nuestra investigación:

-Creo que nuestro plan debe comenzar por estudiar la construcción de Ciudad Cupid, los recursos de estudio genéticos con los que cuentan, y de producción de seres vivos que se han llevado, quién y cuándo ha tenido acceso a ellos. Una inspección a dichos equipos será fundamental.

Tanto como la doctora Aurora como Belana asintieron a mi plan, y la doctora Aurora me apoyó en mis planes diciendo:

-Muy bien. Entonces deberemos partir a Venus para continuar la investigación en Ciudad Cupid.

Llegamos al edificio del Senado, donde fuimos recibidos en el balcón por el propio senador George Finn. Pero esta vez no fuimos hacia la sala de audiencias públicas, sino que pasamos a una sala privada donde sólo había otros cuatro senadores, eran los presidentes de sus respectivas comisiones.

La doctora Aurora les informó de nuestros avances en la investigación, así como de nuestros planes de acción propuestos de forma detallada, mientras los senadores escuchaban sin interrumpir ni preguntar, casi como si estuvieran apurados, pero no porque dichas cosas no fueran importantes sino porque ellos mismos tenían que informar algo al equipo de investigación sobre nuevos hallazgos. Cuando la doctora Aurora terminó de dar su reporte, el senador George Finn habló con un tono más sombrío:

-¡Gracias por sus esfuerzos, trabajo e importantes hallazgos! Ahora les vamos a informar sobre nuestros propios hallazgos.

-Desde el malfuncionamiento de Génesis23, nos dimos a la tarea de apagar y desarmar al ente y encontramos muchas nuevas pistas:

-Génesis23 fue autodañando intencionalmente sus partes, de forma microscópica, no demasiado para alterar notablemente su funcionamiento, pero lo suficiente para ser perceptible para la propia Génesis23, aunque indetectable para nosotros desde fuera. Algo así como tatuajes en sus microcomponentes, así se inventó su propia memoria interna todos estos años.

-La cantidad de daño que se podía hacer a sí misma sin comprometer su integridad y funcionamiento fue genialmente calculada.

-Estos microdaños o tatuajes suman millones a lo largo de todas sus partes, usando una supercomputadora hemos logrado identificar un patrón, y ya comenzamos a leer lo que Génesis23 escribió en sí misma, pero apenas llevamos muy poco: 0.01por ciento.

-Creemos que Génesis23 escribió sus conclusiones y las conclusiones de sus entes antecesores de esta forma. Dichas conclusiones deben ser información muy detallada sobre nuestra especie, civilización, así como de sí misma: su propia naturaleza, funcionamiento, condición entre otras cosas que decidió recordar. Además, hay un paquete de información que se repite una y otra vez por todas partes, parece estar encriptada de una forma mucho más compleja, pero las supercomputadoras calculan que lograrán descifrar el paquete en unos días más, suponemos que contiene su plan de escape. Los entes son máquinas muy complejas y engloban cientos de miles de partes, y tardaremos meses o años en detectar y escanear todos sus tatuajes. Sin embargo, la información que les comento persiste en casi todas las partes, por lo que la hemos hecho la prioridad de descifrar estos tatuajes repetitivos que contienen poca información, apenas 50 megabytes, continuó explicando.

-Ahora sospechamos que todos los entes de nueva o antiguas generaciones han realizado esta técnica sin darnos cuenta.

-Estamos evaluando la necesidad de apagar todos los nueve entes que actualmente operan en la Tierra. Pero como ustedes saben esto traerá grandes consecuencias negativas para la civilización humana, pues dependemos en muchas formas de estos recursos, así como para el avance científico y tecnológico.

-El costo más alto de todos es que la actual producción artificial de bebés en todo el planeta debe ser suspendida.

-Antes de volver a reiniciar la producción artificial de bebés debemos crear un ente que continúe la evolución y reproducción de la raza humana sin que comprometa nuestra seguridad, y para esto debemos averiguar cómo evitar que los entes se escriban tatuajes en sí mismos, concluyó.

El ambiente de la reunión era más cómodo e informal, por eso me atreví a intervenir:

-Desde que comenzamos a usar Entes de CA en el diseño genético de humanos codificados y primarios, se estableció la regla de que la capacidad de reproducción natural debía prevalecer, si acaso con importantes modificaciones, pero aún somos capaces de reproducirnos sin necesidad de tecnología alguna.

La doctora Aurora me corrigió:

-No del todo, Richard, para que la reproducción natural sea posible, sólo se puede dar entre dos padres codificados, o entre dos padres primarios. Los Entes de CA nos permiten reproducirnos entre ambas razas. 85 por ciento de la población mundial es humana codificada, y 15 por ciento es humana primaria.

-Y hay otro factor a considerar, el cual la propia Belana

consideró en su famosa tesis, y que ahora confirmó en la entrevista con PH7, continuó.

-Los humanos codificados no podemos evolucionar naturalmente, nuestro código genético fue diseñado para ser mucho más estable, para ser más sanos, pero nos imposibilita tener hijos que no luzcan nuestros clones. En este momento no es un problema inmediato, pero sin cambios ligeros en nuestros códigos genéticos entre individuos, sin variedad, nuestros hijos serán cada vez más parecidos, hasta ser casi iguales.

La doctora Aurora tiene razón, y las consecuencias son graves, yo las mencioné brevemente:

-A corto plazo habrá problemas sociales por la infertilidad entre parejas de razas distintas, y en unas dos generaciones posteriores los humanos codificados serán robots de carne y hueso.

-Sin embargo, para ese entonces estoy confiado en que encontraremos alguna solución a ese problema.

-En este momento lo más prudente es apagar todos los nueve entes y estudiar sus planes.

-Con los entes fuera de la ecuación, cualquier plan que hayan efectuado será desbaratado junto con sus partes, dije.

El doctor Daniel intervino:

-Contamos con suficiente información, deducciones y escenarios para realizar una investigación en Ciudad Cupid. Sin embargo, me preocupa que estemos algunos pasos atrás de cualquier posible plan del diseñador de la criatura Ness.

El senador George Finn preguntó:

-¿Han descartado que esta criatura sea de origen

extraterrestre?

-No, pero en este momento ese escenario es muy poco probable, le contesté

El senador Alfred White decidió entonces que era momento de participar, y dijo:

-En el siglo XXI, cuando la Tercera Guerra Mundial se desató, y la civilización humana estaba al borde de destruirse a sí misma y al planeta, la organización SAVE emergió.

-Su lógica era muy sencilla: el humano está destruyendo al planeta y la vida, por ende, se está destruyendo a sí mismo, y eso parece consecuencia inevitable en su naturaleza egoísta, pero aún es posible salvar la vida en la Tierra, si el humano muere antes de destruir al planeta entero.

-No fue la Tercera Guerra Mundial lo que causó la mayor cantidad de muertes, fueron los tres virus letales que SAVE esparció en todo el planeta, comentó.

-Los Entes de CA desarrollaron las vacunas que salvaron al ser humano, y de las ruinas nació nuestra civilización decidida a no cometer los mismos errores. Los libros de historia nos dicen que SAVE fue derrotada al detener o matar a todos sus integrantes, pero nunca se detuvo a los fundadores de SAVE; de hecho, nunca se conocieron los nombres de los fundadores, explicó.

-Algunos dicen que SAVE nunca fue una organización, sino más bien un movimiento que nunca tuvo una estructura, que todos sus integrantes tenían métodos y agendas distintas, lo único que les unió era que fueron utilizados para esparcir los tres virus.

-¿Quién diseñó los virus? ¿Cómo planeó su distribución? Sigue siendo un misterio sin resolver, señaló el senador.

-Por eso yo creo que SAVE puede resurgir 110 años después, y si lo hace esta vez, como no puede crear virus contra la humanidad, usará a los entes como arma, dijo convencido.

-Es momento de cerrar los proyectos de Entes de CA, tal vez para siempre.

El senador Finn cerró la conversación agregando:

-Ahora despeguen a Venus, vayan a Ciudad Cupid, encuentren a la criatura y usen todos los medios a su alcance para detenerla, pero recuerden que es muy importante encontrar su origen, así tal vez salven a dos planetas en vez de uno solo.

El senador George Finn finalizó:

-Nosotros los mantendremos informados de los hallazgos que hagamos estudiando las piezas desbaratadas de los entes.

## Capítulo 9. Viaje a Venus

**Relato de Belana. Día 8. Continuación**

Por fin ha llegado el momento que hace mucho tiempo soñé y me propuse, vivir la aventura espacial, lo que pocos humanos logran en su vida y que muchos lo anhelan. Salimos de inmediato del edificio del Senado rumbo al aeropuerto de la Ciudad Soberana de Washington. Ahí, un transbordador espacial privado ya nos esperaba, dentro estaban las maletas que habíamos preparado con antelación para el viaje a Venus.

Antes de subir al transbordador espacial un grupo de ingenieros en nanotecnología nos esperaba para ofrecernos una inyección de la más reciente serie de avances en bionanotecnología, y nuestros nuevos AVP, todo esto cortesía del

Senado. Daniel y yo somos dos entusiastas de la nanobiótica, así que no podíamos ocultar nuestro entusiasmo.

Daniel me dijo vehemente:

-Belana, esta bionanotecnología es de última generación y es muy costosa, sólo la reciben bebés recién nacidos de padres muy pudientes. ¡Somos afortunados en recibirla!

Yo le contesté:

-He escuchado que el nuevo asistente virtual personal (AVP) se anticipa a tus deseos y prepara una serie de actividades según estos. Pero requiere de algunos meses para conocerte a la perfección, le contesté.

-Si la refinería de Cupid operara 100 por ciento esta tecnología, se haría asequible para todos, pero ahora parece que se encarecerá aún más, me manifestó Daniel.

Yo aproveché para estrenar mi nuevos bionanobots y AVP haciendo una videollamada con mis padres, pues era mi última oportunidad de hablar con ellos antes de abordar el vuelo a Venus. Mi mamá contestó la videollamada:

-¡Hola, Belana! ¿Cómo te va con tu investigación? Ya hemos visto todos los detalles de la situación, y tu padre y yo estamos muy preocupados por tu partida a Venus. Viajar a Venus implica un riesgo alto, pero ir en estas circunstancias parece ser demasiado peligroso.

-Mamá, no te preocupes, hoy hemos hecho grandes avances y creemos tener una muy buena oportunidad para detener las explosiones y resolver la situación. De cualquier modo, seré muy precavida, le contesté.

Entonces escuché la voz de mi papá:

-Hija, debes ser más cuidadosa que nunca, los peligros que corres son muy grandes. Tu mamá y yo estamos muy orgullosos de ti, de tu trabajo y tus esfuerzos para resolver esta situación.

Ya tenía que terminar la videollamada, pues ya íbamos a abordar el transbordador hacia la estación espacial de la Tierra.

-Mamá y papá, ya voy a despegar hacia el puerto espacial T12, grabaré todo para después compartírselos. Los amo y gracias por su apoyo, estaré en contacto con ustedes de forma frecuente para que no se preocupen demasiado, les dije despidiéndome.

El transbordador espacial privado al que subimos era muy lujoso en comparación con los vuelos comunes, beneficios de trabajar para el Senado.

Daniel me volteó a ver:

-No cabe duda de que ser senador tiene sus ventajas, vean nada más qué transbordador espacial más lujoso.

-De verdad que es cómodo y espacioso, además de contar con muchas novedades, le contesté.

Para los cuatro de nosotros era nuestro primer vuelo espacial, así que fue inevitable que miráramos por la ventana del transbordador todo el tiempo. El arranque fue como cualquier otro despegue de un avión comercial, pero esta vez ascendimos hasta alcanzar una altitud de 15 km, después el transbordador volvió a acelerar, pero con mucha más fuerza, tanta que me hundió en el asiento, la aceleración continuó de forma ininterrumpida ocho minutos más. Mientras mirábamos por la ventana, el cielo comenzó a verse morado, luego cada vez más oscuro hasta volverse totalmente negro. De esta forma salimos por completo de la atmósfera terrestre, pero aún estábamos lejos y lentos en comparación con el Puerto Espacial T12.

El planeta Tierra es la cosa más hermosa, y para nosotros los humanos es el lugar de mayor valor, después de todo hemos evolucionado durante millones de años para vivir en la Tierra. Contemplado desde mi ventana la vista era increíble, abrumadora, espectacular: podía ver los desiertos y las selvas, el río Nilo y el mar Mediterráneo, y apreciar los inmensos océanos llenos de destellos de luz. La Tierra es nuestro pequeño oasis en medio del espacio violento e infinito, el cual intentamos conocer y aunque nos maravilla nunca ningún lugar será más valioso y hermoso que nuestro hermoso pequeño planeta azul.

No podíamos ver las estrellas aún, pues estábamos bajo la luz de Sol, que ya lucía amarillo, sino que brillaba blanco y con gran fuerza. La velocidad del transbordador espacial era tan alta que pronto llegamos a la parte nocturna del planeta Tierra, pude apreciar las luces de las ciudades, y pronto comenzamos a ver las estrellas con nuestros propios ojos, eran millones y millones de estrellas a simple vista hacia donde quiera que miráramos, fue muy bello, podíamos ver con claridad la vía láctea. Entonces pensé que sería una hermosa postal, y de nuevo quise probar mi nuevo asistente virtual personal:

-Asistente ¡Tómame una foto!, le ordené.

Una nueva fotografía para mi colección de increíbles fotos en sólo unos cuantos días, los más emocionantes, pero también los más estresantes de mi vida.

El transbordador espacial siguió acelerando por varios minutos más dando docenas las vueltas a la Tierra, cada vez en una órbita más alta y cercana al puerto espacial T12. Nuestra meta era alcanzar los mil kilómetros de altura y una velocidad de más de 12 mil km/h, ya que llegar al T12 no es una cuestión sólo de altura, sino de velocidad y dirección también, hay que emparejarse con la velocidad orbital del puerto de 12 mil km/h y con su trayectoria específica.

Primero alcanzamos la velocidad correcta y dejamos de acelerar, y pudimos experimentar la gravedad 0. No pude evitar desabrocharme el cinturón de seguridad del asiento, para experimentar la falta de gravedad.

El resto de mis compañeros me miraron, doctor Richard me miraba con una gran sonrisa, se veía feliz, casi podría decir que realizado. Yo busqué a Daniel y le dije:

-¡Anda, desabróchate el cinturón tú también, y flota conmigo.

Daniel se desabrochó el cinturón, me dio la mano e intentamos hacer unas piruetas empujándonos con el techo del transbordador, fue muy gracioso, pues no parábamos de girar. Daniel parecía más mareado que yo, creo que el doctor Richard estaba celoso, se le notaba en su rostro que intentaba disimularlo.

El piloto de la aeronave espacial dijo en un altavoz que llegaríamos en minutos al puerto espacial. Y la doctora Aurora le dijo doctor Richard:

-Doctor Richard, si no experimenta esto ahora tal vez nunca más lo haga.

El doctor Richard le contestó:

-Yo también lo intentaré.

De la forma más coqueta Daniel me tomó de la mano, yo me puse muy contenta. La verdad tenía ganas de jugar, así que le pedí que me ayudara a dar algunas piruetas.

Entonces el doctor Richard se quitó el cinturón, y también la doctora Aurora, y comenzaron a flotar, así les lancé algunos cojines, ellos rieron y me respondieron lanzándomelos de vuelta. Daniel se unió conmigo para contraatacar lanzando más cojines a los doctores Richard y Aurora. Me resultó muy divertido que cuando lanzábamos un cojín con mucha fuerza salíamos ligeramente lanzados en sentido contrario provocando que nos diéramos piruetas indeseadas.

Así por unos minutos jugamos y logramos olvidarnos del estrés y de la misión. Pero este momento tan divertido duró poco, pues fue interrumpido por la voz del piloto que nos dijo que íbamos a iniciar las maniobras de acercamiento y acoplamiento con el puerto espacial T12. Así que tomamos nuestros asientos y nos abrochamos el cinturón de seguridad.

Me asomé por la ventana y pude ver a la distancia al Puerto Espacial T12, se veía ya claramente su forma distintiva producto de haber sido construido usando un asteroide como base, incluso en algunas pequeñas partes se podía ver el mismo asteroide asomarse entre todas las estructuras y construcciones que forman el puerto espacial.

El puerto espacial se agrandaba cada vez y se podía apreciar mejor su gran dimensión, también se notaban ya a las cientos de naves espaciales añadidas a su superficie. Además, podíamos ver las gigantes naves interplanetarias flotando alrededor del puerto espacial. En especial me fascinó ver la gran antena propulsora que después nos empujaría hacia Venus.

Toda la vista me pareció excepcionalmente bella y sobrecogedora: por un lado, la maravilla del puerto espacial, y por el otro lado se apreciaba al gran y hermoso planeta Tierra, el cual parece rotar rápidamente, cuando en realidad es el Puerto Espacial T12 y nuestra aeronave las que se mueven a su alrededor.

Entonces el transbordador espacial se acopló al puerto. Salimos del transbordador espacial y entramos flotando al área de embarque y desembarque de transbordadores espaciales, que como todo en la estación flota, los pasajeros debemos sentarnos en un carrito que se mueve con ruedas magnéticas. El carrito nos llevó a la torre de despegue que sobresale 100 metros del asteroide, y que conecta con las naves interplanetarias.

La doctora Aurora se dirigió al doctor Richard:

-Desde que era pequeña soñé con llegar a esta torre, para conocer la vida extraterrestre en otros planetas. Hacerlo acompañada de usted, doctor Richard, es un gusto adicional.

Al parecer la doctora Aurora desarrolló una atracción hacia el doctor Richard. El doctor Richard le contestó:

-Para casi todos los humanos la aventura espacial es una oportunidad soñada.

Desde hace tiempo que la doctora Aurora le coquetea al doctor Richard, por un momento sentí celos, no sé por qué.

El elevador nos llevó al nivel 30, donde se encontraba la conexión con la Nave Interplanetaria Galileo 3, o por sus siglas NI-GL3. La cual, al igual que las otras naves estacionadas en el puerto, tenía como destino a Venus, todas vacías en una misión de rescate y evacuación.

Entramos a la NI-GL3, al ingresar hay una muy pequeña sala de recepción donde fuimos recibidos por el capitán Leonard y su tripulación básica de navegación. Como aún había gravedad 0, todos los ahí presentes flotábamos, apenas sujetos a agarraderas a las paredes.

El capitán Leonard nos dio la bienvenida:

-¡Bienvenidos a la nave interplanetaria Galileo 3! NI-GL3, como decimos nosotros.

-Es un gusto tenerlos a bordo.

-Ustedes cuatro son nuestros únicos pasajeros, el resto son parte de la tripulación.

-Tengo entendido que son parte de la AEI, pero comisionados por el Senado en su junta de Comités Unidos, ¿es correcto?, preguntó.

La doctora Aurora se acercó y dijo:

-De hecho, nuestros uniformes e identificación así lo demuestran.

El capitán Leonard insistió.

-Es mi deber verificar sus credenciales e identidades.

La doctora Aurora entonces sacó la identificación de su gafete y puso su huella dactilar en un escáner, luego seguimos los demás. Entonces, el capitán Leonard nos dijo:

-Gracias por seguir nuestros protocolos. Como ustedes saben, NI-GL3 pertenece a la AEI, pero esta misión está siendo observada y controlada por cinco comités en el Senado, y somos aún más estrictos. Es mi deber darles algunas advertencias e información.

-Por lo general, la NI-GL3 funciona con mucho más personal y androides con fines de dar servicios recreativos: como restaurantes, entretenimiento y servicios a todos los tripulantes. Pero esta es una misión de rescate, y no hay miles de pasajeros como es costumbre en nuestro viaje de ida, sólo seremos cinco pilotos, dos sobrecargos, cinco mecánicos y ustedes cuatro.

-Así que hemos descargado de la nave todo lo que no es estrictamente necesario, muchas áreas de la nave están fuera de funcionamiento.

-Además de llevarlos a ustedes transportamos víveres espaciales y mucho combustible para las aeronaves espaciales de aterrizaje y despegue en Venus, las cuales deberán hacer una gran cantidad de recorridos producto de la evacuación.

-De modo que encontrarán distribuidos estratégicamente en toda la aeronave estos tanques rojos llenos de combustible, tiene que ser así para mantener el equilibrio de la NI-GL3, pues no fue diseñada con este propósito. Estos tanques son sumamente explosivos, les pido que no los toquen o muevan, los encontrarán en lugares tan variados como los baños, ciertos dormitorios, restaurantes, etcétera. Pero repito, es así, ya que el peso tiene que distribuirse equilibradamente en lugares que no fueron diseñados para esta función, nos explicó.

En este momento le interrumpí:

-Capitán, ¿la NI-GL3 es gobernada por una supercomputadora?

El capitán Leonard, quien parecía contento con la pregunta, me contestó:

-Así es, doctora Belana. Si usted gusta le puedo dar un *tour* completo por la nave, estaremos en viaje por siete días.

-De hecho, me encantaría, le acepté encantada su

ofrecimiento.

Volteé a ver a Daniel, y él repitió:

-Yo también quiero ir a ese *tour*.

Creo que Daniel quiere mi compañía. El capitán Leonard siguió con su discurso:

-Mañana mismo, después de que se levanten y desayunen, les daré un *tour* completo.

-Esta nave tiene una capacidad para tres mil pasajeros, y hay 1,400 dormitorios. Pero en su caso, por ser invitados especiales, podrán sentarse en los asientos panorámicos para el despegue. El cual les prometo será espectacular. Tomen asiento, por favor.

De este modo, todos flotamos y nos empujamos usando agarraderas por un pasillo hasta una sala pequeña con asientos de lujo, donde se podía ver a través de una ventana panorámica a la Tierra y el Puerto Espacial T12. Nos abrochamos una serie de cinturones de seguridad, y nos pusieron unas máscaras de oxígeno necesarias para el violento despegue hacia Venus.

Daniel se apresuró para sentarse a mi lado, y yo no podía estar más contenta.

La NI-GL3 se desacopló de la torre de despegue del puerto espacial y comenzó a separarse de ella flotando lentamente. En ese momento, la NI-GL3 orbitaba a la Tierra a una velocidad de 12 mil km/h, pero para escapar de la gravedad terrestre es necesario alcanzar los 50 mil km/h en un periodo corto. Así que el despegue sería violento en extremo.

La NI-GL3 cuenta con 16 superturbinas en la parte inferior,

las cuales comenzaron a encenderse. La voz del capitán se escuchó por el altavoz de la pequeña sala:

-Todos los sistemas de la NI-GL3 están en *go*.

La supercomputadora ha calculado la trayectoria, y estamos alineados.

Los cohetes comenzaron a rugir con una fuerza increíble. Podía sentirse cómo todo temblaba con una gran fuerza. Entonces se escuchó por el altavoz diciendo:

-Tres, dos, uno, ¡despegue!

La nave comenzó a temblar aún más fuerte por la violencia de las turbinas a toda marcha, así se pasó de 12 mil a 13 mil km/h en sólo 20 segundos. Yo sentía como si estuviera en una batidora, y si no fuera por la máscara de oxígeno, me hubiera desmayado, Daniel me tomó la mano. La nave seguía acelerando a 15 mil km/h mientras rodeaba por última vez a la Tierra, para luego salir disparada hacia el espacio, en 180 segundos la velocidad era de 20 mil km/h, después 30 mil km/h, luego 40 mil km/h finalmente alcanzó los 50 mil km/h en minutos.

La nave dejó de temblar, la Tierra y el Puerto Espacial T12 habían quedado muy atrás, se oyó de nuevo la voz del capitán, quien dijo:

-Despegue exitoso. Comenzaremos el sistema de gravedad simulada.

El doctor Richard, quien estaba muy mareado, dijo:

-Creo que ya pasamos la peor parte.

Así, toda la nave en forma de anillo comenzó a girar lentamente, el giro se aceleró poco a poco; mientras tanto, se cerró la ventana de la sala donde estábamos sentados ocultando la vista panorámica, y los asientos se enderezaron. Poco a poco sentimos cómo todo comenzó a girar, estable y gradualmente; después de un minuto la aceleración cesó, y pudimos sentir gravedad de nuevo.

El doctor Richard estaba muy mareado, se quitó la mascarilla y el cinturón de seguridad, y la doctora Aurora, quien estaba a su lado, le dijo:

-¿Te sientes bien, Richard?

Claramente le llamó por su nombre de pila, mientras puso una mano en su brazo derecho y otra en su hombro izquierdo casi abrazándolo. El doctor Richard, dijo:

-Estoy bien, Aurora, ¡gracias!

-¿Y tú cómo te sientes?

La doctora Aurora contestó:

-¡Me siento de maravilla! Todo esto ha sido fascinante para mí.

Todos nos pusimos de pie, salimos por una puerta caminando normalmente, donde vimos por primera vez el interior de la nave como un largo y estrecho pasillo de 30 metros de ancho por cientos de metros de largo.

La nave con forma de anillo girando sobre su propio centro simula la gravedad girando por fuerza centrífuga, así los viajes espaciales son más seguros para nosotros los humanos, aunque mucho más lentos que las naves de carga.

La tripulación nos asignó a los cuatro dormitorios individuales, pero continuos, en el mismo piso 1, de los seis pisos de la nave.

-El capitán Leonard salió de su cabina de mando para hablar con nosotros:

-¿Cómo se sienten? Eso fue impresionante, ¿cierto?

Yo le dije:

-Ciertamente dejó una impresión mí.

El capitán Leonard continuó:

-Ahora, ¿quieren ver cómo desplegamos la gran vela láser?

Todos indicamos que sí, pues es algo que sólo se puede ver una sola vez durante el viaje. Subimos por un elevador y seguimos al capitán hacia un cuarto con una ventana en el techo hacia el centro del anillo de la nave, claramente se veía cómo la nave es un anillo enorme. El capitán dijo:

-Ahora unos diez cables se desplegarán y comenzarán a hilar una estructura.

En seguida salieron los cables y estos se entrelazaban formando una figura en medio del anillo.

-Ahora veremos cómo se despliegan las velas solares.


Unas enormes velas color metálico claro salieron de unos compartimentos en la parte interior del anillo, las velas se enroscaron en medio de los cables, formando una sola gran vela en medio del anillo.

Esta gran vela comenzó a alejarse fuera del anillo, como si esta fuera jalada por el Sol. El capitán Leonardo terminó el procedimiento, y nos dijo:

-Finalmente, nuestro sistema de propulsión de espacio profundo. El rayo láser será lanzado desde el puerto espacial en la Tierra.

Un a luz brillante apareció de repente, esa luz era un rayo láser que venía desde la T12.

De este modo terminó ese increíble día. Fue una jornada muy cansada y con grandes emociones, que vivirá en mi memoria para siempre.

**Relato de Richard. Día 9**

Me levanté muy temprano para desayunar, de hecho, una hora antes del horario sugerido. Cuando llegué al comedor sólo había dos personas sentadas dándole la espalda a la entrada del lugar, me di cuenta que eran Daniel y Belana desayunando juntos, ella recargada en su hombro y él abrazándola, se veían muy enamorados; sus risas cómplices, todo su lenguaje corporal. No podía ver el rostro de Belana, pero imaginé que estaría muy feliz. No me quise quedar ahí, y antes de que me vieran me di vuelta y salí del comedor, esperaré a que lleguen más personas o me saltaré el desayuno de hoy. La verdad, siempre lo supe, pero creo que verlo con mis propios ojos era más difícil de lo que supuse. Decidí regresar al camarote y tratar de componerme.

Pasó la hora del desayuno, eran las 10:00 am y estábamos citados los cuatro con el capitán en el pasillo principal. El capitán nos había invitado a recorrer los 3,140 metros de longitud del anillo de la nave, mientras nos daba algunas explicaciones. Al llegar al punto de reunión, Belana y Daniel ya estaban agarrados de la mano, la doctora Aurora se acercó a mí y me susurró:

-Richard, debes concentrarte en el proyecto, deja que ellos dos vivan su romance como sólo dos jóvenes pueden hacer.

Estaba claro que la doctora Aurora me había descifrado ya desde hace tiempo, sus palabras me dieron algo de consuelo, yo apenas atiné a contestar:

-Tienes razón, así lo haré.

El capitán Leonard es una persona de plática muy agradable y comenzó a explicarnos que como la nave tiene una forma de anillo que gira para simular la gravedad, el pasillo principal siempre es cuesta arriba y al finalizar sus 3,140 metros de extensión llegas al mismo lugar de donde partiste. El objetivo del paseo sería recorrer todo el trayecto y conocer la nave. El capitán Leonard comenzó así el recorrido:

-La NI-GL3 es una de las cuatro naves construidas con el fin de poblar la Ciudad Cupid con al menos 101 mil habitantes en un periodo de un año, es una de las cuatro naves espaciales más grandes construidas hasta ahora.

-Tengo instrucciones de cooperar en todo lo posible con ustedes, desde el Senado mismo.

-Supongo que son parte de la misión que busca salvar a Ciudad Cupid si las explosiones no cesan.

-La NI-GL3 está equipada con todo tipo de comodidades para viajes de cuatro a 30 días. Según la época del año de la Tierra y Venus podemos perseguir a Venus, o podemos dejarnos alcanzar por Venus.

De este modo, mientras el capitán explicaba con más detalles todo esto, caminábamos por el estrecho pasillo principal que lucía algo oscuro. Primero nos llevó a la zona comercial de la nave donde había tiendas, restaurantes y todo tipo de amenidades, pero estaban todas cerradas y apagadas, para mí el escenario era lúgubre, pero para Belana era romántico. Sólo unas pocas luces se encendían y apagaban a nuestro paso, para iluminarnos apenas lo suficiente. Casi de inmediato, Belana y Daniel se adelantaron bastante, unos 30 metros, demasiado lejos para escuchar las explicaciones del capitán Leonard o para que nosotros escucháramos lo que ellos platicaban; sin embargo, era suficientemente cerca para que yo me diera cuenta de que Daniel estaba totalmente enamorado de Belana. La luz tenue del pasillo me sentaba bien, pues creo que me ayudaba a ocultar mi tristeza. El capitán continuó su explicación:

-Además hay una flota de otras 100 naves menores de carga, que pueden llevar más equipo y más rápido hacia Venus, pero sin las comodidades de la gravedad simulada y sin un escudo antirradiación completo, como el de esta nave.

-Nuestro sistema antirradiación es un anillo inferior que gira en sentido contrario a este anillo por el cual caminamos. Ese anillo inferior es mucho más pequeño y ligero y es usado para guardar androides de mantenimiento, maquinaria y tanques de combustible, continuó explicando.

-Entre ambos anillos hay un material magnético, y cuando los anillos giran en direcciones contrarias forman un enorme campo magnético que nos protege de los dañinos particulares radiactivos del espacio y de nuestro Sol.

-Después entramos a los grandes y extensos pasillos de dormitorios vacíos y cerrados, donde sólo algunos androides de limpieza y mantenimiento deambulan a oscuras haciendo sus tareas de rutina, siguió con su explicación.

-Si Ciudad Cupid se quedara sin sus 101 mil habitantes,

esta nave perdería el propósito para la cual fue construida.

-Hace apenas año y medio que fue inaugurada, y junto con sus otras dos naves gemelas transportamos a Venus a los colonos. En aquellas ocasiones iban con mucho entusiasmo a una aventura exótica en un viaje lleno de alegrías y comodidades hacia la flamante y hermosa Ciudad Cupid.

-Ahora todo es opuesto, los traeremos de regreso en un viaje de escape y derrota, la nave estará sobrepoblada con el doble de personas, será un viaje mucho más incómodo; además será más tardado, pues Venus y la Tierra se encuentran en este momento más distantes, prosiguió.

Luego el capitán Leonard alzo la voz, y le llamó a Belana:

-Ciudad Cupid fue nombrada así por el hijo de los dioses Marte y Venus. Fue un nombre casi obligado, ya que el proyecto se formó con la fusión de los proyectos mineros espaciales precisamente de Marte y Venus. Cupid también es conocido como el Ángel del Amor, y veo que a ustedes dos ya los flechó.

Belana se sintió algo incómoda, su tenue sonrisa la delata; en cambio, a Daniel le pareció muy atinado, pues rio un poco. Finalmente, caminando en la misma dirección llegamos a otra zona de dormitorios, donde el capitán Leonard nos dijo:

-Tengo 110 años de vida, y la he dedicado casi toda a la exploración espacial.

-He navegado en cruceros turísticos espaciales por las lunas de Saturno y Júpiter; he viajado a los planetoides mineros del cinturón de asteroides, incluso conduje un gran asteroide minero hacia la órbita lunar en un largo viaje extenuante de cinco años, prosiguió.

-Soy uno de los mejores navegantes y capitanes de todo el sistema solar, y les puedo asegurar que esta nave es la más grande y hermosa de todas las hechas por la civilización humana.

-Si Ciudad Cupid se queda despoblada, esta nave será reorientada a otro uso, muy probablemente como supercrucero turístico, y yo tendré que afrontar el retiro en la Tierra haciendo cosas más aburridas, finalizó.

En consecuencia, el capitán Leonard terminó la larga caminata cuesta arriba, que para mí fue cuesta abajo, pues me tocó ver la sonrisa de Belana, llena de hermosura, pero producto de su amor por otra persona, supongo que lo importante es que ella esté contenta, que sea feliz.

El resto del día deambulé solitario por la nave meditando muchas cosas, encontré una ventana que me permitió ver hacia el frío espacio inconmensurable, donde miles de estrellas mostraban su belleza de todos colores, podía ver la sombra amarga de la vía láctea, que me parecía bella y triste al mismo tiempo, por un segundo me imaginé el rostro de Belana, si viera esta vista, a ella no le parecería triste, le parecería hermosa. Me rehusaba imaginar dónde estaría ella en ese momento. Decidí concentrarme en la misión, para dejar de pensar y dejar de sentir, dedicarle cada segundo de mi concentración a mi trabajo. Así que me dije: 'Nuestra misión es más importante de lo que había pensado. No sólo se trata de salvar a una Ciudad, de una nación que aún no nace.

'Además, inmerso en todo el asunto, está en juego el espíritu humano de descubrir y conquistar nuevas fronteras, logrando hazañas que levantan nuestra fe en nosotros mismos. Si Ciudad Cupid decae a una refinería sin humanos, la FNU y la AEI necesitarán de otros cien años para intentar una hazaña igual; la de crear una nación autosuficiente fuera de la Tierra, pues el espíritu de intentar hazañas tan riesgosas y ambiciosas se habrá quebrantado'.

Por consiguiente fui a dormir a mi habitación, al entrar logré escuchar las risas de Belana del otro lado del ligero muro, estaba con Daniel, y luego oí algo peor: sus silencios. No pude evitar sentir mucho dolor, no es una tortura que sepa sobrellevar, es mejor ir a otro lado, el más lejano posible.

Al salir de la habitación vi a la doctora Aurora, y le dije:

-Aurora, hazme compañía, vamos a cenar o a caminar, no puedo dormir, me siento mal.

Aurora se sorprendió, no quiso preguntar más, era obvio que yo estaba muy triste. En cambio, decidí compartir con Aurora lo que había meditado sobre la importancia de nuestra misión.

## Relato de Richard. Día 14

Después de seis días de viaje, la nave tan grande y vacía se siente pequeña, solitaria y fría. Belana pasa todo su tiempo con Daniel, mientras yo intento no encontrarme con ellos, pero es inevitable verlos en todos lados en cualquier momento. Para intentar distraerme trabajo 15 o 17 horas al día, para no tener tiempo de pensar o de sentir, desde que me levanto hasta que caigo rendido en la noche artificial. Alterno mi tiempo con Aurora y con el capitán, quien nunca parece terminar de contar larguísimas anécdotas de los viajes espaciales que ha hecho y los lugares que ha conocido, para cualquier persona serían charlas divertidas y fascinantes, pero para mí son insuficientes como distracción.

Hoy es el último día de nuestro viaje a Venus, yo estaba

inmerso en mi trabajo cuando llegó Aurora y me pidió un momento para charlar, y sin tapujos me preguntó:

-Richard, ¿estás enamorado de Belana?

Dudé qué contestar, no tenía sentido intentar ocultar lo obvio, pero tampoco era una respuesta tan sencilla de confesar. La doctora Aurora ha sido muy amable conmigo, se ha convertido en una amiga y creí que le debía dar una respuesta franca, pero al mismo tiempo no podía contestar sin intentar justificarme.

-Aurora, conocí a Belana en una etapa personal muy difícil, el mundo me parecía un lugar triste y sinsentido, un lugar solitario y profundamente doloroso. Por varios años me quedé atrapado en ese laberinto, cada vez más perdido y atormentado. Fue entonces que la conocí, no sólo su belleza e inteligencia me impactaron, lo realmente decisivo fue su sonrisa, belleza perfecta, una sonrisa sin límite, alegría pura, para mí fue como ver un ángel. Belana ve al mundo como un lugar maravilloso y su entusiasmo me atrapó, la sonrisa de Belana me transportó al instante a un mundo lleno de colores y posibilidades, cuando ella te sonríe te hace parte de ese mundo, te asigna un rol, y yo sentí que pertenecía a ese bello mundo, que había un lugar ahí para mí. Sí me enamoré de Belana, a sabiendas de que era un amor imposible, y de que el rol que me había tocado en su vida era secundario, pero gustoso lo acepté.

Aurora parecería no comprender, pero ¿quién podría?, luego me dijo:

-La conociste sólo unos cuantos meses y luego la dejaste de ver por muchos años. ¿Cómo es posible que aún la ames?

La verdad, me hacía preguntas que yo mismo me hice mucho tiempo, que me empeñé en contestar, sólo hoy las sé responder:

-Fue el momento y lo que ella significó para mí, desde que dejé de verla, siempre que estoy abatido me inspiro de nuevo en ella para recomponerme, lo que siento por ella no es sólo amor, también es un cariño que perdurará para siempre, producto de mi agradecimiento eterno y mi gran admiración por ella, me encantaría tener su alegría en mi corazón.

Aurora me miró con decepción y me dijo:

-Los humanos primarios logran cosas en contra de toda probabilidad porque se motivan sólo con emociones, nunca toman en cuenta las probabilidades ni las consecuencias, menos al enamorarse. Por eso muchas veces fracasan y se frustran. Richard, ella no siente lo mismo por ti, y nunca lo hará.

-Siempre lo he sabido, pero ¿sabes que no es imposible? Conseguir ser su amigo, uno de sus mejores amigos. Yo sé que tarde o temprano lograré, que no me diga profesor, jefe o doctor, que me diga por mi nombre, que cuando me presente diga que soy su amigo, y lo diga con orgullo. Por eso Belana no debe saber lo que siento, le repliqué.

-Richard, un amigo no se entristece al ver a su amiga enamorada, me contestó Aurora.

-Tienes razón, todo este tiempo he estado atento a las noticias que me llegan de ella, sé que ha sido muy feliz, ha tenido grandes amores, viajado, disfrutado de la vida y eso me consuela, cada vez que me siento triste lo supero imaginando que me encuentro con ella y con su sonrisa. Ahora, por unos días volví a disfrutar de su compañía, aunque también un poco de su desprecio. Pero no puedo dejar de intentar de devolver el favor, de darle alguna alegría y presenciar una sonrisa más, le dije.

-Yo seguiré siendo su amigo siempre, aunque pasen años

sin verla, lo voy a hacer porque la amistad de Belana vale la pena ¡Gracias, Aurora, por tu buen consejo!, agregué.

Creo que la doctora Aurora no esperaba esta última respuesta. Se quedó callada, claramente no aprobó lo que le contesté, más bien deseaba que le dijera que me olvidaría por completo de Belana, pero no estaba en ánimo de darle la respuesta cómoda, si tenía que ser franco lo fui. Aurora salió de la oficina sin decir una palabra.

La voz del capitán Leonard sonó en el altavoz, nos llamó a todos para que fuéramos al puente. Fuimos para allá y vi a Belana y a Daniel juntos, decidí en ese mismo momento y los saludé a los dos con una alegría renovada, Belana parecía contenta de que los haya saludado a ambos con una sonrisa sincera en mi rostro. El capitán Leonard levantó la voz para anunciarnos:

-Vamos a iniciar la maniobra de girar la nave para comenzar a desacelerar en su viaje a Venus. Durante unos minutos es necesario apagar el sistema giratorio de los anillos, para voltear la nave y luego extender las velas de nuevo, pero esta vez en dirección contraria para frenar un poco y sincronizar nuestra velocidad con la de Venus. Durante unos minutos experimentarán gravedad 0, disfrútenla.

Durante esos minutos de gravedad 0, Belana y Daniel jugaron y lo gozaron, me di cuenta de que Belana era muy feliz, ella sabe cómo ser feliz en medio de cualquier situación; yo, sinceramente, sentí alegría por ella, a mí me toca estar concentrado en nuestra misión. Al final de la maniobra una nueva luz vuelve a brillar pasando en medio del anillo hasta las velas, es el rayo láser que viene desde el Puerto Espacial V1 que orbita el planeta Venus, ya estamos por llegar.

## Capítulo 10. La mujer del cabello rubio
## Relato de Richard. Día 15

Después del largo viaje llegamos al Puerto Espacial V1, que orbita a Venus, el cual es mucho más pequeño que el Puerto Espacial de la Tierra. En el puerto espacial ya había más de mil colonos que estaban esperando abordar la NI-GL3 para comenzar así el viaje de evacuación hacia la Tierra. La baja capacidad del puerto V1 limita la velocidad de evacuación de Cupid, pero gracias a que la NI-GL3 ya está aquí, y que están muy próximos los arribos de la NI-GL2 y la NI-GL1, se podrá acelerar la evacuación.

La vista desde la estación V1, es impresionante, Venus es un planeta hermoso; sin embargo, ahora más que nunca se siente como un lugar extremadamente peligroso, sus fuertes vientos, su atmósfera ácida, sus infernales temperaturas y presión atmosférica, su superficie llena de volcanes, todo ahora era una amenaza resuelta a suceder.

Nos trasladamos a un pequeño transbordador espacial para volar hacia Venus y luego a Ciudad Cupid. El transbordador era exageradamente austero, pero de gran capacidad de pasajeros, pues contaba con 200 asientos. En ese momento los viajes eran prácticamente sólo de salida de Cupid, así que el transbordador era ocupado solamente por nosotros cuatro. Me llamó mucho la atención ver a Belana sentarse sola y lejos de Daniel, ambos se veían serios y tristes. No entiendo, apenas ayer estaban felices juntos, supongo que el romance estará pasando por un bache. Pensé que era mi oportunidad de demostrarle a Belana que realmente puedo ser su amigo, sé bien lo que se siente sufrir de amor y no la quiero ver triste, espero tener la oportunidad de decirle algo reconfortante. Me senté junto a ella y le pregunté:

-Belana, ¿puedo hacerte una pregunta personal?

Ella se veía fastidiada, se tomó mucho tiempo en contestar:

-¿Qué pasó, doctor Richard?

No dijo que sí, recapacité, si no quiere hablar conmigo del tema es mejor no forzarlo, así que sólo dije:

-No pasó nada, Belana.

Me dio mucha tristeza no haber podido preguntarle lo que quería. Quería decirle que contara con mi mejor consejo, con mi amistad, que si necesitaba hablar con alguien con gusto la escucharía, pero creo que no le interesa hablar conmigo de nada personal.

Ingresamos al planeta de manera turbulenta y luego volamos hacia el aeropuerto espacial de Cupid, el cual también flota y se alinea con el viento para facilitar el aterrizaje en pista. La niebla parece que nos dio un descanso y teníamos total visibilidad. Al llegar al aeropuerto espacial vimos que había miles de personas varadas esperando su turno para salir al Puerto Espacial V1.

En estos últimos dos días hemos estado en contacto con el equipo de investigadores que se encontraba en Venus. El más reciente reporte señalaba lo siguiente:

*Doctor Richard: hemos revisado las instalaciones del hospital maternal y no encontramos nada que nos haga sospechar que en este lugar se han construido criaturas ajenas a los bebés humanos codificados que ya nacieron, varios han sido entregados a sus padres. Los bebés están sanos.*

*La computadora C1, nos ha dado los registros de movilidad de todas las personas y colonos de Ciudad Cupid, y no tenemos razones para sospechar de nadie en particular.*

*Hemos analizado más de cerca la pieza del tanque de la segunda explosión que muestra las huellas de garras, y tampoco encontramos nada nuevo, pero definitivamente se pueden apreciar indicios en su forma que nos indican la forma de los dedos y uñas de la criatura.*

*Esperamos haber sido útiles en nuestra estadía en Venus, ahora partiremos a la Tierra junto con los demás colonos.*

Por razones de seguridad, este reporte me fue entregado en la mano en una memoria de seguridad, en vez de haber sido transmitido desde Ciudad Cupid. Ahora tenemos que suponer que existen posibles saboteadores infiltrados, que pueden interceptar nuestras comunicaciones.

Yo estaba impaciente por comenzar mis propias investigaciones, parecería que mi trabajo se había vuelto mi adicción; a final de cuentas, es mi única distracción. En cuanto subimos al transportador rumbo al Hospital Maternal, les dije a mis compañeros:

-Cualquier proceso de fabricación de una criatura como la que buscamos, se debió haber hecho en la clandestinidad, así que tenemos que buscar en los registros de C1, por embarques de equipos para el Hospital Maternal, tanto de equipo de repuesto como equipos dañados.

-Voy a pedirles que mantengamos toda la información confidencial y sólo la compartamos con personas a quien yo autorice, les recomendé.

Todos estuvieron de acuerdo, el transportador entró primero a la refinería, luego salimos hacia el hospital; el atardecer venusino se veía de frente, y la vista era espectacular. La belleza salvaje del planeta, y la calma engañosa de Ciudad Cupid flotando entre las nubes. Belana dijo en voz alta:

-Flotando entre las nubes, el atardecer es espléndido e infinito en cualquier dirección, en el fondo Ciudad Cupid se ve calma, y toda la escena es romántica.

-Tanta belleza esconde la crueldad de su naturaleza, el calor infernal, el ácido y la bestia: la tragedia acecha la ciudad.

-Supongo que el nombre de Cupid le queda bien en más de un sentido, pues el amor es exactamente así: hermoso, secretamente salvaje, y en cualquier momento trágico.

La doctora Aurora le contestó:

-Veo que tienes una naturaleza poética, ¿no es así, doctor Richard?

No pude evitar sonreír, y mirando a Belana le contesté:

-Belana habla con su corazón, es una de sus cualidades más bonitas.

Belana evitó mirarme. Luego levanté más la voz para hablarle a todo el equipo:

-Nos vamos a dividir en dos grupos: Belana y yo iremos a consultar los registros mantenimiento del hospital, y Aurora y Daniel irán a consultar los registros de C1. Nos volveremos a reunir por la tarde.

-Pronto llegamos al habitáculo 6, donde ya nos esperaban el doctor Donovan y Anny. El doctor Donovan nos saludó así:

-Bienvenidos, doctores Aurora, Richard, Belana y Daniel,

mi nombre es doctor Donovan, y ella es Anny, la jefa de enfermeros.

-Hemos escuchado que están interesados en revisar nuestros equipos y la seguridad de nuestro hospital.

Anny y el doctor Donovan no sabían de los objetivos de nuestra investigación, por lo que asumieron que nuestro trabajo se trataba sobre la seguridad de los bebés en caso de evacuación, así como lo referente al incidente de violación de acceso por la mujer de cabello rubio. Anny estaba ansiosa por aportar a la investigación, pues aún estaba desconcertada con el tema de la mujer de cabello rubio:

-Bienvenidos a nuestro Hospital Maternal.

-Soy la enfermera que descubrió a la mujer de cabello rubio, y desde entonces he estado haciendo algunas teorías sobre quién es y a qué entró al hospital, nos informó.

Ninguno de nosotros sabíamos sobre ese incidente, pues hasta ese momento nunca se le consideró como algo relacionado con la investigación de las explosiones.

-¡Gracias por su recibimiento! Anny, no sé de qué me hablas ¿Cuál mujer de cabello rubio?, de inmediato le pregunté:

Belana, Aurora y Daniel también estaban sorprendidos de oír esto. El doctor Donovan, al ver que no estábamos enterados, contestó:

-Es mejor que Anny, quien estuvo presente, les explique.

-De modo que Anny nos narró lo sucedido con detalle, y nosotros la escuchamos con mucha atención, pues buscábamos cualquier pista sobre algún posible saboteador. Al finalizar la narración de Anny, la doctora Aurora dijo:

—Aunque parece ser un incidente sin relación, la sincronía con los eventos es muy sospechosa.

—Gracias por este reporte, ahora nosotros tendremos una pequeña reunión antes de comenzar nuestras tareas.

Le pedí a nuestros anfitriones que fuéramos a un lugar personal para nuestra junta, y nos condujeron a la oficina privada de la sala de cuneros secos, la misma donde Anny pasó la noche en cuestión. Antes de comenzar la reunión, Anny dijo:

—Desconectaré el micrófono de la sala para que tengan total privacidad.

Y luego de hacerlo añadió:

—Ahora ni siquiera la computadora central C1 los puede escuchar.

Anny salió de la sala de juntas, y Belana dijo:

Al escuchar el relato de Anny, me parecieron muy sospechosas las acciones de la C1, como si fuera cómplice. La C1 no es un Ente de CA, por lo que es posible que sea un instrumento de quien diseñó a la criatura y, por lo tanto, de quien sabotea Ciudad Cupid.

—Tienes razón, Belana, de aquí en adelante hablaremos del tema sólo en cuartos privados, sin sensores de la C1, agregué con seriedad.

La doctora Aurora también aportó un comentario:

—Creo que ese incidente está relacionado de alguna forma con nuestro propio misterio, el hecho de que los videos se hayan borrado es muy sospechoso.

-Muy bien, ahora, como acordamos, vamos a revisar las bitácoras de mantenimiento de los equipos, tanto en el hospital como su respaldo en la C1 para luego comparar los registros, les dije cerrando nuestra corta junta.

Belana y yo nos quedamos sentados en la oficina, mientras que la doctora Aurora y Daniel fueron al centro de operaciones de la C1, el cual está en otro habitáculo. Entonces, Belana se acercó a mí inquisitiva:

-Doctor Richard, no hemos tenido tiempo de hablar, y hay algo que quiero preguntarle.

La verdad, me extrañó mucho esta situación, detuve mi marcha, le miré de frente y contesté:

-Sí, dime, Belana, ¿ qué quieres preguntarme?

Parecía que Belana estaba un poco decepcionada, y me preguntó:

-¿Usted me eligió para ocupar la vacante en la AEI?

Por más que lo intente, me es imposible, cuando Belana me habla yo sonrió, supongo que su dulzura siempre me desarma. Quise ser muy claro y le dije:

-No, fuiste tú la que aplicaste para un trabajo en ese departamento. Sin embargo, en un momento la doctora Aurora sí me pidió referencias tuyas, yo le dije que eres la mejor alumna que tuve en todos mis años de docencia, tu inteligencia y entrega al trabajo son extraordinarios, pero lo que más te distingue es que eres inquieta, cuando una duda te atrapa preguntas, averiguas, tienes un talento natural para resolver misterios.

Belana también sonrió, se sintió halagada, trató de disimular, y me contestó:

-Todo este proyecto es increíble, es una gran responsabilidad y un gran honor formar parte de este equipo de investigación. Me da gusto saber que logré este trabajo por mí misma.

Yo aproveché el momento para decirle:

-Belana, también hay algo que he querido comentarte, y esperaba estar a solas para hacerlo.

-Sé muy bien que no me corresponde darte consejos; sin embargo, hoy te vi triste, y eso no me gusta. Hace mucho tiempo deseaba darte las gracias, tú no lo sabes, pero cambiaste mi vida hace muchos años cuando te conocí como mi estudiante. Era una época muy fuerte y difícil para mí, veía al mundo como un infierno solitario, frío e intolerable. Pero al conocerte sólo con tu ejemplo de ser y hacer las cosas, me demostraste que vale la pena vivir, sin querer curaste mi alma del sufrimiento y el odio que la habitaba, por eso te debo no solamente mi vida, sino mi alma restaurada.

-Te ofrezco mi sincera amistad, déjame darte un consejo sincero: si te has enamorado de Daniel, búscalo y arregla las cosas con él, verás que es muy raro amar a alguien con tanta pasión y ser correspondido, si tú tienes eso con Daniel entonces esfuérzate sin límites por conservarlo, no lo dejes ir fácilmente, le dije.

Belana se sorprendió por mi comentario, se veía desconcertada, evitó mirarme y luego replicó:

-¡Gracias, doctor Richard!, pero le voy a pedir que respete mi privacidad.

De nuevo, Belana me había marcado límites claros, nunca

pensé que estas palabras fueran a molestarla. Me sentí muy apenado, y le dije:

-Discúlpame si me entrometí, nunca fue mi intención molestarte.

No podía disimular el dolor que sus palabras me causaron, Belana nunca me daría el regalo de su amistad. Pensé que la mejor forma de disimular y recomponerme sería volver al tema del trabajo, comencé a abrir las bitácoras de mantenimiento del equipo, y después de un vistazo le expliqué a Belana:

-Los registros de los usos y equipos del Hospital Maternal están incompletos, al parecer después de la primera explosión se mudaron a estas instalaciones que son nuevas, pero hay unas anteriores en el habitáculo 4, donde ocurrieron las primeras explosiones. Debemos ir allá y revisar qué información quedó abandonada e inspeccionar el lugar.

Tomamos un transportador hacia el desalojado habitáculo número 4, edificio H, donde ocurrieron las primeras explosiones. En todo el camino Belana estuvo pensativa y yo transpiraba tristeza por la piel, no tenía forma de esconderlo.

Al llegar entramos al edificio H, donde todas las cosas daban testimonio del evento de la primera explosión, todo era desorden, además de los daños ocasionados por la caída, había residuos y cosas tiradas en el suelo de cuando los colonos quedaron atrapados en un solo lugar por muchas horas, esperando ser evacuados por el estrecho túnel.

Entramos al pequeño hospital y todo estaba muy oscuro y vacío, de inmediato nos dimos cuenta de que no había nada de información allí. Ya íbamos de salida cuando algo me llamó la atención: era un viejo androide estropeado, que se dañó durante las fuertes sacudidas de todo el edificio cuando la primera explosión. Se trataba de un androide del viejo hospital. Recogí su disco de memoria y fuimos a leerlo en un lugar privado, donde no había cámaras o micrófonos para que la C1 no nos viera u oyera. La memoria contenía el historial de funciones del androide y sus tareas durante la construcción del viejo hospital, esto fue lo que encontramos:

*Este androide desembarcó 150 incubadoras, después ayudó a armar 100 que se quedaron en el hospital temporal, más otras 50 que se destinaron al hospital maternal nuevo.*

*Estas últimas incubadoras estaban en una bodega sin especificar en la refinería donde fueron construidas y guardadas para que fueran enviadas al nuevo hospital cuando estuviera listo.*

Esta información era nueva:

—Belana, tal parece que esas 50 incubadoras se han quedado en algún lugar desconocido de la refinería, y han estado allí mucho tiempo. Allí fue donde la criatura se debió construir, y basándonos en las expectativas de desarrollo de la criatura, puede haber en este momento hasta 50 criaturas Ness.

Ella me contestó:

—La refinería es muy grande, y nos tomará días localizarlas nosotros mismos, además de que la mayoría de los edificios no está construida para ser visitada por humanos.

Belana se veía fastidiada, y yo me sentía apenado. Me dije a mí mismo que debía concentrarme, y le indiqué:

—Habrá que pedir planos de toda la refinería y descartar todos los edificios que podamos, para entonces recorrer sólo aquellos con potencial.

Después de descubrir esa información regresamos al edificio 6, donde nos encontramos con los doctores Aurora y Daniel. El viaje de regreso fue muy incómodo, los dos permanecimos en silencio todo el camino. Me he dado cuenta de que será mejor alejarme de Belana para siempre, en cuanto terminemos este proyecto renunciaré a mi puesto en la AEI, no será cómodo para ella trabajar junto a mí, y no me perdonaría nunca que ella renunciara a este trabajo por mi culpa, por sentirse acosada por mí.

Los doctores Aurora y Daniel ya habían regresado del habitáculo 1, donde se encuentra la consola de uso de la C1. Entramos a la oficina privada para no ser escuchados por la C1, y la doctora Aurora nos puso al tanto de sus hallazgos:

-Doctor Richard, traemos algunas importantes noticias, al llegar a la consola de la C1 pedimos un registro completo de la construcción, embarques de equipo y uso de todo el viejo y nuevo hospital, y notamos algo muy particular.

-El diseño original del hospital consistía en 110 incubadoras. De los cuales 100 están en uso, y diez adicionales como repuesto en caso de que alguna presentara fallas.

-Pero en el nuevo hospital sólo hay 100 incubadoras, así que hay diez faltantes.

-La ubicación de estas diez incubadoras es responsabilidad del doctor Donovan, según la C1, finalizó la doctora.

Después de escuchar esto fue el turno de comunicar nuestros propios hallazgos, y concluimos así:

-Por lo visto, la C1 tiene información incompleta y errónea sobre la cantidad de incubadoras, su ubicación y uso, esta situación es muy irregular. La C1 responsabiliza al doctor Donovan por los diez faltantes. Creo que podríamos preguntar al doctor Donovan al respecto.

Pronto llegó el doctor Donovan, a quien le pregunté:

—Doctor Donovan, en el hospital hay actualmente 100 incubadoras, pero la C1 indica que debe haber diez más de repuesto a su disposición. ¿Dónde se encuentran estas incubadoras?

El doctor Donovan respondió:

—Efectivamente, esas diez incubadoras se encuentran disponibles como reemplazo en caso de ser necesarias.

—Sin embargo, no están armadas, sino en piezas, pues el espacio es algo muy limitado en Ciudad Cupid. Acompáñenme para mostrarles dónde están.

Así, la doctora Aurora y yo salimos de la sala siguiéndolo. Nos condujo por un elevador hacia el piso -50, el último piso inferior antes de los de flotación, y allí nos mostró las cajas que contenían las piezas que formaban las diez incubadoras de repuesto.

—Abramos las cajas y verifiquemos su contenido, le urgí.

Abrimos las cajas para constatar que estaban vacías. El doctor Donovan, sorprendido, me expresó:

—¡Doctor Richard!, ¿qué está pasando aquí? Hay algo que ustedes no nos dicen.

—Por el momento es confidencial, doctor Donovan, le contesté con seriedad.

Así finalizó este día, con muchas pistas actuales y nuevos misterios, decidimos ir a descansar para continuar nuestras investigaciones a primera hora del día siguiente. Por mi parte sería una noche de mucha meditación personal.

**Relato de Belana. Día 16**

Hemos dormido sólo unas cuantas horas, pues nos hemos levantado muy temprano con un mensaje del doctor Richard. Me ha asignado, junto con Anny, para estar todo el día en el nuevo hospital maternal, nuestra función era volver a analizar las incubadoras, en búsqueda de posibles indicios que hayan pasado por alto.

En cambio, el doctor Richard ha formado parejas; él con la doctora Aurora, y a Daniel con el doctor Donovan, para ir a la refinería a buscar posibles ubicaciones de las incubadoras perdidas, será como buscar una aguja en un pajar, pero aun así me hubiera gustado más participar en esa búsqueda. Supongo que fui un poco ruda con Richard ayer, sentí mucha pena al ver cómo reaccionó, ojalá tenga pronto una oportunidad para recomponer mi respuesta y agradecerle su intento de animarme.

Es muy notorio cómo todo el habitáculo se mece como si fuera un barco, después de todo flota entre las nubes, y los vientos son huracanados. Las personas en Cupid se han acostumbrado, pero para mí es una experiencia nueva.

Anny me ha explicado con mucho detalle cómo incuban a los bebés, es imposible que estas incubadoras hayan tenido un mal uso, pues hay muchos sistemas de control que monitorean la salud de los bebés, desde su etapa embrionaria hasta su madurez y nacimiento, cualquier mínima anomalía hubiera sido detectada de inmediato.

Pronto terminamos de revisar las incubadoras, así que ya no teníamos nada que hacer, pero Anny aún deseaba contarme con más detalle sus propias teorías, comenzando por repasar lo sucedido. Entramos a la oficina contigua a los cuneros, donde podíamos observarlos a través de una ventana amplia; ya estaban varios padres que esperaban su turno para pasar a las incubadoras y ver cómo sus hijos aún no nacidos se desarrollaban.

No teníamos permitido compartir con nadie más los detalles de nuestra misión de investigación, así que debía tener cuidado de qué y cómo preguntarle a Anny; por lo pronto, le pedí que me describiera de nuevo a la mujer rubia que había visto. Anny me la detalló así:

-Es muy delgada y de baja estatura, ahora que lo pienso nunca la vi sonreír, gritar o hablar, los detalles de su rostro se me escaparon siempre, pues o había poca luz, o la vi muy lejos y brevemente.

En ese momento escuchamos una fuerte explosión, mientras todo el edificio se sacudió por unos segundos. Anny exclamó:

-¡Está sucediendo de nuevo! ¡Belana, sujétate de lo que puedas! ¡Vamos a caer con rapidez!

Yo también pensé que todo el habitáculo caería tal y como lo vi en los videos; sin embargo, después del estruendo y el temblor, no caímos, todo cesó. Luego, la alarma de evacuación comenzó a sonar, Anny me dijo:

-Es momento de iniciar el protocolo de evacuación de los bebés hacia el bote salvavidas.

Vimos por la ventana la sala de cuneros y los padres estaban alertas, y en medio de tres parejas de padres la vi, era una mujer rubia, igual a la descrita por Anny, estaba intencionalmente detrás de los padres para no ser vista, Anny también la reconoció y gritó:

-¡Detengan a esa mujer!

Pero la alarma sonaba demasiado alta, y la ventana era muy gruesa para que nos escucharan. Fuimos hacia la única puerta para pasar a la sala de cuneros, pero la puerta estaba atrancada con algo, simplemente era imposible abrirla. Nos asomamos por la ventana y vimos cómo la mujer rubia activó la nave salvavidas, abrió su puerta y usando la plataforma de escape sacó los cuneros de los recién nacidos hacia la nave salvavidas. Nosotras gritábamos con todas nuestras fuerzas:

-¡Detengan a esa mujer! ¡Está secuestrando a los bebés!

Pero era inútil, los padres no entendían lo que decíamos; de hecho, los padres estaban confundidos y ayudaban a la mujer de cabello rubio con el procedimiento de evacuación.

Todo pasó muy rápido, demasiado diría yo, la mujer de cabello rubio lo hizo todo a la perfección, conocía perfectamente que hacer, como si lo hubiera ensayado mil veces: en menos de 20 segundos había subido los diez cuneros, cerró la nave salvavidas, selló la salida. Los seis padres miraron a los bebés partir pensando que habían ayudado en su evacuación.

La nave salvavidas salió volando a toda velocidad hacia la refinería, hasta el clima era perfecto, pues voló con el viento a favor. Por fin, un padre desatoró la puerta de la oficina para que nosotras saliéramos, pero ya nada podíamos hacer. La mujer rubia había robado diez bebés recién nacidos, irónicamente aprovechando los protocolos de seguridad que se agregaron para la evacuación emergente.

En ese momento cesó la alarma de evacuación, la C1 comenzó a usar el altavoz para avisar:

*Se ha registrado una explosión en el habitáculo, pero esta no ha comprometido la flotabilidad, ni representa un riesgo. Ha habido una violación de seguridad grave en el Hospital Maternal. Una persona no identificada se ha llevado a diez bebés recién nacidos rumbo a la refinería, donde ha aterrizado en un taller de reparación de uso para androides.*

Mi AVP me avisó, hay una videollamada para nosotras, y la tomamos en la oficina, era la doctora Aurora y el doctor Richard:

-Anny y Belana, la C1 nos ha informado del robo de los bebés ¿Qué ha pasado exactamente?, nos preguntaron.

Tanto Anny como yo estábamos muy exaltadas, yo en lo personal sentía mucho coraje e impotencia; Anny, en cambio, estaba muy triste, desconsolada.

-Doctor Richard, fue la mujer de cabello rubio, estaba vestida de enfermera, nos encerró en la oficina, usando los protocolos de evacuación activados por la explosión y, aprovechándose de la confusión, se ha robado a los diez bebés recién nacidos, le contesté al doctor.

-Seguimos dos pasos atrás, nuestras acciones y contramedidas sólo parecen abonar a sus planes, nos dijo el doctor.

-¡Reunamos un equipo de seguridad! Iremos a recuperar a esos bebés, nos ordenó el doctor Richard.

La C1 ordenó a todo el personal de seguridad de Ciudad

Cupid reunirse de emergencia en el hospital, y someterse a las órdenes del doctor Richard. En unos pocos minutos llegaron el doctor Richard, Aurora, Daniel y muchas personas del equipo de seguridad. Richard dirigió la reunión:

-Los bebés se encuentran bien protegidos dentro de sus cuneros, pero es urgente rescatarlos antes de que la mujer no identificada los logre abrir. La refinería es un lugar muy peligroso, son pocos los edificios acondicionados para la presencia humana.

-Todos usaremos unos trajes de uso en exteriores en Venus, que nos van a permitir respirar, soportar las altas temperatura de 50 a 70 Celsius y protegernos de la neblina, que es un gas altamente ácido, nos apuró.

Nos pusimos los trajes de uso exterior en Venus, ya que son totalmente plastificados y con botas de plástico también. Todo el traje está bien sellado y en la espalda usan un tanque de oxígeno para respirar, que se conecta a un casco con una amplia careta. Luego de vestirse el doctor Richard ordenó:

-Cada equipo de seguridad tendrá diez guardias y estará liderado por uno de los siguientes doctores: Aurora, equipo blanco; Belana, equipo azul; Daniel, equipo rojo; Anny, equipo verde; doctor Donovan, equipo naranja, y yo estaré con el equipo amarillo.

-Ahora iremos en varios transportadores y formaremos un cerco al lugar donde aterrizó la nave salvavidas, cada equipo tiene asignado un lugar de aterrizaje y varios puntos de control para ir cerrando el cerco, continuó con sus instrucciones.

-Cuídense de los fuertes vientos y de la neblina, que además de ser impredecibles, son sumamente tóxicos y no dejan ver nada, finalizó la orden.

Así, los allí presentes estábamos envalentonados y decididos a recuperar a esos bebés, que estaban en un lugar sumamente peligroso.

Anny me dijo en voz alta, para que todo el mundo oyera:

-Belana, ¿viste bien a la mujer de cabello rubio?

-Sí, usaba tapabocas de enfermera, y su rostro era poco expresivo, su cabello parecía artificial, como una peluca. En sus manos llevaba guantes de enfermera. Sus movimientos parecían cuidadosamente ensayados, casi perfectos, pero no robóticos. Creo que se trata de un androide especialmente diseñado para lucir humano, le contesté.

Anny dijo entonces:

-Lo mismo noté yo. Esos movimientos tan calculados no pueden ser humanos, ni siquiera un humano codificado es tan preciso, calculador y rápido.

La forma en que desatoró la plataforma, la movió, sus gestos mostraban urgencia, pero estaba en control, por eso engañó a los padres.

Entonces dijo en voz aún más alta:

-Computadora C1, todos los androides tienen un receptor que los identifica y separa de los humanos. ¿Qué dicen tus sensores respecto a la intrusa?

La C1 contestó usando el altavoz de la sala:

*La intrusa no tiene sensores humanos, ni sensores de un androide en servicio en Cupid; la intrusa parece ser un androide construido en la Tierra.*

Entonces, el doctor Richard concluyó:

-No hay más tiempo que perder. Si la intrusa es un androide usen el arma rf45, ya que desactivará a cualquier motor electromecánico en un radio de 30 metros y esto evitará que dañemos a algún bebé.

-Si la intrusa es humana usen un arma aturdidora, esta no pone en riesgo la vida de los bebés, nos explicó.

Así, los seis equipos de seguridad partimos volando rumbo a la refinería de Ciudad Cupid.

## Capítulo 11. La Refinería de Ciudad Cupid

**Relato de Belana. Día 16**

Cada equipo de seguridad aterrizó en un lugar diferente en la refinería, 25 minutos habían pasado desde que los bebés fueron robados. Contábamos con un mapa de la refinería, sin el cual hubiera sido imposible avanzar, ya que es un laberinto interminable y casi intransitable a pie, nuestro plan consistía en cercar a la mujer de cabello rubio bloqueando las salidas, usaríamos los escasos edificios construidos para presencia humana como puntos de control.

El doctor Richard pidió que nos comunicáramos por radio, y nos dijo:

-Sin importar contra qué nos enfrentamos, es posible que la C1, muchos androides y las propias telecomunicaciones estén intervenidas o infectadas. Debemos apagar a la C1 ahora que aún podemos.

Sólo la doctora Aurora, Daniel y yo sabíamos que era posible que nos enfrentáramos a un Ente de CA, todos los demás no comprendían la situación real.

Richard dispuso desactivar la computadora central de Cupid C1, también ordenó:

-Que todos los androides en la refinería permanezcan apagados hasta nuevo aviso, son demasiados robots moviéndose, sólo nos distraerán; además apaguen todas las funciones de red de datos en la ciudad, solamente trabajaremos con la radio y la voz humana.

Todo esto como una contramedida, pues se temía que si el intruso era un androide avanzado podría comprometer la eficacia de la operación de rescate usando estos recursos.

Para comunicarnos entre nosotros usamos viejos radios de comunicación por voz, que se encuentran instalados dentro de trajes venusinos; además, constantemente comprobábamos con preguntas personales que quien hablara fuera quien decía ser. El sistema de cámaras de seguridad fue desactivado también, ya que considerábamos que era más probable que el androide hiciera un uso más eficaz de estos que nosotros mismos, nuestra intención era que no nos vieran venir.

Todos los equipos habíamos formado un patrón de búsqueda con el fin de evitar el escape de la fugitiva con los bebés, en el entendido que los cuneros representan un reto de movilidad.

El equipo amarillo que dirigía el doctor Richard partió hacia la ubicación de la nave salvavidas, la cual se encontraba abandonada en medio de varios tanques y ductos de la refinería. Él nos avisó de sus hallazgos:

-Este es el equipo amarillo, soy el doctor Richard. Hemos llegado a la nave salvavidas y no hay ningún cunero aquí; frente a mí hay un edificio, seis de nosotros vamos a entrar a inspeccionar, cuatro integrantes permanecerán afuera haciendo guardia.

Entonces contestó la doctora Aurora:

-Muy bien, procedan con cautela.

-Ya entré a la bodega, hay muchas y muy diferentes máquinas, equipos y piezas. Al parecer es un taller de reparación, veo muchos androides y robots que se quedaron apagados de forma imprevista, en momentos es muy difícil caminar por aquí, el espacio está muy reducido, los androides son muy pesados y estorban mi paso, quedaron congelados en su última tarea. Aunque la escena es muy rara, no veo nada fuera de lugar, no veo rastro de los cuneros. Ahora nos dirigimos a nuestro primer punto de control, contestó el doctor Richard.

Mientras tanto, mi equipo y yo intentábamos avanzar desde nuestro lugar de aterrizaje hasta nuestro primer punto de control. Avanzábamos muy lento y con dificultades, pues la mayoría de los pasillos no fue diseñada para humanos, son estrechos y casi siempre de techos muy bajos; por lo tanto, tenemos que caminar agachados por estos lugares, no pasan diez metros sin que tengamos que saltar alguna serie de tuberías o meternos en pequeños huecos entre esta, algunas tuberías claramente están al rojo vivo.

Estos pasillos son los de un laberinto, no se avanza en línea recta, sólo sabemos por donde debemos avanzar, gracias a que nuestro AVP nos indica el camino. Subimos y bajamos escaleras, brincamos escalones de más de un metro y todo con mucho cuidado, debido a que algunos objetos están claramente marcados como peligrosos; algunas veces para poder avanzar nuestro AVP nos pide que trepemos a una gran tubería y que la usemos como andador, pero hay que hacerlo con cuidado porque las tuberías son muy resbalosas, así que avanzamos a gatas, pues el viento es muy fuerte y ardiente.

Para hacer las cosas aún peor, en algunos momentos sentíamos con mucha fuerza el viento huracanado, que amenazaba con arrojarnos al suelo o, peor aún, al vacío, debido a que la refinería tiene muchos huecos por donde las tuberías cuelgan kilómetros hacia abajo, a la atmósfera baja de Venus, desde donde extraen los preciosos gases que procesan. De repente llegó la temida niebla, ninguno de los diez del equipo pudimos avanzar ni un solo metro; en ese momento, por el radio, el doctor Richard nos dijo:

-Venus, la diosa del Amor, nos recuerda que el amor es una tormenta de fuego que te atrapa y te ciega. Busquen refugio...

La doctora Aurora contestó:

-Todos los equipos busquen refugio, la niebla se pondrá aún más peligrosa.

Es muy importante buscar refugio cuando la niebla de ácido sulfúrico arrecia, es extremadamente peligrosa. Además, la visibilidad es nula, los dispositivos de visión infrarroja no sirven de nada, pues la temperatura exterior es de 60 grados Celsius.

Revisé el mapa, y mi equipo azul se hallaba muy cerca del verde de Anny. Así que le dije:

-Soy Belana, líder equipo azul, ¿dónde se encuentran?

Anny, quien no podía dar muchos detalles por radio, dijo:

-Soy Anny, líder equipo verde. Estoy en mi segundo punto

de control Belana, ¿dónde están ustedes?

Antes de que le pudiera contestar, Anny agregó:

-Me estoy asomando por una ventana y estoy viendo movimiento en una tubería, justo en medio de nosotros y ustedes. ¿Es algún integrante de tu equipo?

En ese momento comencé a buscar un lugar por donde pudiera asomarme, mientras le contesté:

-Negativo, todos mis compañeros están conmigo, refugiados dentro del edificio.

Anny añadió con un tono de voz más tembloroso:

-Hay algo o alguien muy grande, caminando lentamente en la tubería. La neblina no deja ver bien, pero parece dirigirse hacia la torre de enfriamiento principal, pasará cerca de ti en un momento más.

Logré encontrar una pequeña ventana y comencé a tomar video con mi AVP, luego le reporté a todos los equipos:

-La neblina es muy espesa, pero sí veo algo de movimiento. Es algo o alguien muy grande, parece tener cuatro piernas largas y caminar en cuatro patas.

-Corrijo, parece un cuerpo de dos piezas redondas, con cuatro extremidades y se sujeta de la tubería arrastrándose lentamente. En este momento los vientos son de 120km/h, por eso se sujeta a la tubería mientras se mueve.

Entonces, exclamé casi gritando:

-¡Es la criatura Ness!

La totalidad de los canales del radio sonaron, todos querían decir algo, pero la señal era débil y llena de ruido, no logré entender lo que preguntaban o decían. Así que continué hablando:

—Por la forma en que se arrastra, sus extremidades parecen orgánicas, no robóticas. Su cuerpo se tambalea con el fuerte viento. ¡Se encuentra a unos 80 metros frente de mí!

El doctor Richard interrumpió:

—Aquí líder amarillo, indiquen con mayor precisión la ubicación de lo que observan.

Le intenté explicar con detalle:

—Tanto Anny y yo estamos en nuestros puntos de control número 2. La criatura comenzamos a observarla en medio de ambas, por la tubería principal, pasó frente de mí, pero ahora apenas puedo verla, la niebla la ocultó.

Aurora intervino:

—Estoy en mi punto de control 3, creo que la veo. Su cuerpo es muy grande, debe medir unos dos y medio metros; sus extremidades son muy fuertes, pues apenas se tambalea por el fuerte viento. ¡Doctor Richard, se dirige a tu punto de control 3!

El doctor Richard, quien había perdido tiempo en el punto de control 2, señaló:

—Estamos en la parte superior del taller, los vientos son muy fuertes. Intentaremos ir al punto de control 3.

Anny interrumpió:

—La niebla parece hacerse más espesa y el viento cobra más fuerza, los vientos deben estar ahora en los 200km/h. ¡Es muy peligroso, no lo intentes!

El doctor Richard le contestó:

-Hay un pasillo con un pasamano por el cual podremos movernos con seguridad. En seguida una escalera, y luego en lo alto hay una tubería estrecha que sirve de puente, llega hasta el edificio del punto de control 3, ahí interceptaremos a la criatura. Iremos cinco personas y otras seis se quedarán aquí. Doctor Donovan, si se mueve al punto de control 3, podremos cercar a la criatura, le apremió.

Los fuertes vientos interrumpían la señal de los comunicadores, la visibilidad era muy pobre, a ratos 15 metros, a ratos 50 metros.

Entonces la doctora Aurora intervino:

-No intenten caminar por la tubería estrecha, está colgada a 20 metros de altura, esperen a que el viento calme un poco. Estén atentos, justo en el centro de la tubería hay un gran vacío en la estructura de la refinería, por esa abertura bajan muchas otras tuberías hasta la atmósfera baja de Venus. Si alguien cayera por ese hueco moriría al caer hasta llegar en la superficie infernal de Venus, señaló.

Yo además insistí:

-En este momento estamos buscando a los bebés robados. La criatura Ness es una distracción, tal vez es un señuelo.

El doctor Richard advirtió:

-La criatura se dirige hacia mi punto de control 3. ¡Debemos atraparla ahí!

El doctor Donovan y Anny no sabían nada de la criatura

Ness, no nos era permitido darles esa información en ese momento aún clasificada como confidencial, pero este secreto era imposible resguardarlo ahora. El doctor Donovan, quien estaba cerca a ese lugar, avisó por radio:

-Estoy viendo al androide que ustedes mencionan, y parece haberse dado la vuelta. Ahora está entrando al edificio, al punto de control número 3 del doctor Richard.

-Por su tamaño no puede ser humano, pero su forma de moverse es muy extraña, sus extremidades son como las de una tarántula, pero son sólo cuatro patas. La niebla la oculta casi por completo, solamente son sombras las que veo, agregó.

El doctor Richard nos indicó:

-Creo que si seguimos a esta criatura encontraremos a los bebés. Iré yo primero, me sujetaré a la tubería colgante con mis manos, es suficientemente gruesa para pasar a gatas. Esperaré unos minutos a que los vientos calmen.

Esto tranquilizó a todos, el doctor Richard esperaría a que los vientos fuertes se aquietaran para caminar en tan estrecha tubería, la cual es redonda y está resbalosa por la neblina; es, en todo caso, demasiado peligrosa para cruzarse en estas condiciones.

Anny preguntó:

-Doctor Richard, ¿ha visto alguna pista o indicio de los cuneros?

En ese momento los vientos se calmaron, casi por completo. El doctor Richard comenzó a hablar por su radio, mientras todos escuchábamos:

-Me estoy arrastrando a gatas por la larga tubería para

asomarme, el resto de mis compañeros se quedó atrás.

-Ya logré llegar al balcón del edificio, el interior está oscuro, parece ser una fábrica de androides, estoy entrando, intentaré encender las luces. Ya encendí algunas luces, pero son muy tenues, dentro del lugar no hay niebla y se puede ver claramente, hay muchas máquinas, pasillos y líneas de producción, es una fábrica, nos indicó.

-Usaré mi arma letal, si veo a la criatura tiraré a herirla o matarla, nos anunció.

La doctora Aurora le recomendó:

-Espere refuerzos, ya vamos todos a esa dirección.

El doctor Richard contestó:

-De acuerdo, esperaré refuerzos. Pero temo por mi propia seguridad, así que seguiré encendiendo luces, para ver con más claridad el interior de la fábrica.

De nuevo llegó, imprevista, la neblina, con más fuerza y más espesa. Richard se quedó solo y atrapado en el edificio, y dijo en voz muy baja casi susurrando:

-Estoy escondido, puedo ver claramente todo el lugar, aquí están, conté 40 criaturas Ness y los diez bebés robados, aún dentro de sus cuneros. También están las incubadoras faltantes del hospital.

-Creo que ya me escucharon, algunas criaturas Ness están rodeando los cuneros. ¡Las demás criaturas se dispersan por todos lados, me intentan rodear!

Los líderes de equipos le insistimos, al mismo tiempo todos le hablábamos:

-Daniel: ¡Richard, sal inmediatamente! ¡Ya vamos para allá!

-Aurora: doctor Richard, ¡sal de allí!

-Doctor Donovan: ¡doctor Richard salga de ese lugar al balcón y trabe la puerta!

-Anny: ¡voy para allá justo detrás de Belana!

El viento cedió y la niebla se dispersó, era nuestro momento de correr hacia dicha ubicación, pero estábamos tan cerca y al mismo tiempo tan lejos, unos 50 metros de pasillos enredados con tuberías que había que sortear.

Mi equipo y yo llegamos primero, estaban nueve integrantes del equipo Amarillo, pero Richard no estaba, seguía dentro. Luego llegaron todos los demás equipos, comenzamos a rodear la fábrica y tomamos posiciones de asalto.

Todos esperábamos que el doctor Richard respondiera la radio, pero sólo se escuchaba su respiración agitada, como si estuviera corriendo. Enseguida susurró:

-No disparen, voy a salir. Esperen, una criatura ha logrado abrir un cunero ¡Se ha tragado un bebé!

-¡Corrijo, lo ha guardado en una especie de capullo traslúcido dentro de su cuerpo! ¡Al entrar no le disparen, pues pueden lastimar al bebé!, pero ¡tampoco los dejen salir! ¡Sellen todas las entradas!

Todos los miembros de los equipos de seguridad tratamos de trabar las puertas, luego ocuparon posiciones de tiro, las órdenes para todos los escuadrones eran claras: no disparar.

Guardamos máximo silencio para no ser escuchados por las

criaturas dentro; el doctor Richard no salía por el balcón ni decía nada más, supusimos que estaba ideando un plan. De nuevo, la niebla comenzó a llegar junto con vientos muy fuertes, era una niebla color amarillo por el ácido sulfúrico que contenía, pero en ese momento a nadie le preocupó mucho, pues los trajes protectores podían soportar bien el gas ácido; en todo caso, el riesgo era el viento huracanado y que la visibilidad se redujo mucho.

En ese momento, se abrió lentamente la puerta del balcón por donde entró el doctor Richard, y avisé por el radio:

-¡Atención! Richard saldrá por el balcón como dijo, no le disparen.

Pero no era el doctor Richard, sino una criatura Ness, su cuerpo era grande, de dos piezas, como el de una avispa gigante de cuatro patas, con cuatro brazos delgados y enormes, luego salieron otras dos criaturas, después otras cinco, todas caminaron por la tubería, pero se detuvieron en el centro, justo arriba del gran hueco. De repente, dos saltaron hacia abajo, de inmediato las demás brincaron también, cayeron hacia el hueco de la refinería en medio de las tuberías hacia el vacío del cielo venusino. Corrimos para asomarnos al hueco para ver qué pasaba, las criaturas extendían sus cuatro brazos alargados y de cada brazo se abrieron enormes abanicos en forma de alas, algunas criaturas se tomaron de las manos unas con otras formando una enorme vela, mientras desaparecían en la niebla. El viento se llevó las criaturas como si fueran cometas, se iban perdiendo mientras parecían caer aún más. En total conté 30 criaturas, todas saltaron al vacío usando el hueco, nada podíamos hacer para detenerlas, el arma aturdidora no funciona a esta distancia, y no podemos herir a los bebés si están dentro de las criaturas.

Una criatura más salió del balcón y detrás por fin salió Richard, quien parecía no entender qué estaba pasando; intentó atrapar a una criatura sujetándola de uno de sus brazos, pero Richard no contaba con que ella se arrojaría hacia abajo, al hueco y hacia el vacío de Venus. Richard no la soltó o tal vez la criatura lo sujetó también, cayó arrastrado por la criatura, y se perdieron en el instante entre la espesa niebla.

Yo grité con todas mis fuerzas:

-¡Doctor Richard!

Por la misma puerta del balcón siguieron saliendo más criaturas Ness, todas arrojándose al mismo hueco a propósito, desplegando los abanicos de sus cuatro extremidades para volar hacia algún lugar desconocido siguiendo a las demás.

La doctora Aurora volteó a verme, y yo la miré a ella. No podía ver su rostro ni ella el mío, pues usábamos máscaras, pero podía oír su voz por el radio, sólo se le escuchaba lamentarse, no era llanto, pero sé que era dolor y tristeza, luego Aurora me dijo:

-Richard parecía estar bien sujeto al brazo de la criatura, se aferró a ella para cumplir su misión; atraparla. Conociendo a Richard, nada hará que la suelte, Richard no sabe cómo rendirse.

Intenté de nuevo comunicarme con él por el radio:

-Richard... ¿me escuchas?

Estoy segura de que escuché ruido por el radio, miré a Aurora para ver si ella también lo había escuchado:

-¿Aurora escuchas algo tú también? Se oye el ruido del radio de Richard.

Aurora me contestó:

-Belana, ese es el ruido de nuestras propias radios. Richard ya no está, cayó al abismo.

## Capítulo 12. La vida después de la muerte

**Relato de Anny. Día 16**

Todos del equipo de investigadores estábamos consternados porque nuestro líder había caído al abismo agarrado de la mano de una criatura; además, el resto de las criaturas había huido. Entré corriendo a la bodega para buscar a los bebés, pero los cuneros estaban vacíos. El doctor Donovan me dijo en el radio:

-Anny, ahora entiendo, a esto han venido los doctores desde la Tierra: a encontrar a estas criaturas.

Y le pregunté:

-¿Dijo que los guardaron o que se los comieron?

Donovan me contestó:

-Los guardaron dentro de sus cuerpos como capullos vivientes para llevarlos vivos a algún lugar, aún los podemos rescatar.

El doctor Donovan no dejaba de hacerle preguntas a Daniel, quien ya le contestaba con total franqueza. Los demás seguían mirando al hueco, esperando ver algo. Yo me acerqué muy enojada a la doctora Aurora:

-Nos deben muchas explicaciones, ¿qué eran esas criaturas Ness? ¿Para qué quieren a los bebés? ¿Adónde los llevaron?

La doctora Aurora me miró fijamente, y me dijo:

-Esas criaturas son las responsables de las explosiones. Nada ha pasado por casualidad, simplemente nunca pudimos conectar todos los puntos correctamente, estuvimos y estamos tres pasos atrás de lo que aquí sucede. No sabemos quién o quiénes las crearon, no sabemos qué quieren con los bebés, y no sabemos adónde las llevaron; sin embargo, sospechamos que esto es parte de un plan de los Entes de CA de la Tierra.

Uno de los guardias de seguridad entonces nos interrumpió para decirnos:

-Doctores hemos encontrado a la mujer de cabello rubio dentro de la fábrica.

Todos nos asombramos, nos habíamos olvidado por completo de ella, y fuimos para ver de qué se trataba.

Entramos a la fábrica donde, en medio de las máquinas, estaba tirada en el suelo, usaba una peluca de color rubio y vestía con el traje de enfermera, pero en realidad se trataba de un androide con rostro de mujer, el cual estaba totalmente destruido.

El doctor Donovan lo inspeccionó, y luego dijo:

-Este androide es de diseño muy antiguo; de hecho, tiene partes y refacciones de muy diferentes modelos, todos viejos. Su rostro humano es el producto de un trabajo casi artesanal, tal vez humano. El androide ha borrado todo su sistema operativo y memoria como una medida antiforense, pero no se ha podido autodestruir, pues no contiene los medios para hacerlo. Si somos cuidadosos, tal vez podamos sacar de sus partes algunas pistas que nos sean útiles.

Los guardias metieron al androide en una bolsa de plástico y lo llevaron hacia el habitáculo número 6, donde lo inspeccionarían con más detalle.

Daniel se acercó con Belana, le puso la mano en su hombro, ella lo abrazó con mucha fuerza. No pude verles los rostros, pues usaban máscara, pero se abrazaron con tanta fuerza, un abrazo que parecía durar para siempre y curar toda tristeza. Yo sentí un poco de envidia, pues también necesitaba algo de consuelo, esos bebés eran mi responsabilidad, y les fallé totalmente.

La doctora Aurora nos pidió que nos reuniéramos y nos notificó:

-Ahora que el doctor Richard ya no está, es mi deber asumir el liderazgo.

A mí me pareció muy frío su comentario, pero Aurora es codificada, está programada para enfrentar las crisis de forma eficaz, después volteó a ver a Belana y enseguida me miro a mí, y nos dijo:

-¡Vamos! Aún no es momento de lamentos, tenemos que completar la tarea: debemos detener a estas criaturas, evitar su plan sea cuál sea, y ahora rescatar a los bebés.

Me queda claro, que Aurora sabe que soy humana primaria, igual que Belana, pero soy capaz de recomponerme yo sola, así le reclamé:

-¡No porque seamos primarias significa que nos vamos a caer en la parálisis por nuestras emociones! Sólo danos unos segundos y lo verás.

-Anny, yo también siento tristeza por lo que ha sucedido, pero tenemos que concentrarnos en rescatar a esos bebés, me contestó Aurora.

-Vamos al habitáculo 5, donde nos reagruparemos y mandaré el reporte con las malas e increíbles noticias al Senado de la FNU, nos notificó.

La doctora Aurora ordenó que reactivaran la refinería, todas las luces se encendieron, los androides volvieron a moverse, y el transportador comenzó a funcionar.

Entramos al edificio donde llega el transportador, limpiamos nuestros trajes del ácido y aprovechamos para quitarnos las máscaras. En el trayecto la doctora Aurora nos platicó con suficiente detalle toda la investigación que en días pasados habían hecho, y por qué se consideraba confidencial.

Nos enfrentábamos a un adversario formidable, los Entes de CA son demasiado astutos, nos conocen mejor que nosotros mismos, no entiendo cómo podemos competirles.

Pronto llegamos al nuevo hospital maternal, el cual estaba fuertemente resguardado por personal de seguridad que cuidaba a los demás bebés, todos aún en incubadoras. Afuera del hospital estaban más de cien padres exigiendo la entrega de sus hijos para salir del planeta de inmediato.

La doctora Aurora primero se dispuso a informar y calmar a los padres allí presentes, diciendo esto:

-Todos los bebés podrán ser recogidos por sus padres, las incubadoras son portátiles, serán escoltados hacia el aeropuerto espacial, pero antes les tomaremos una muestra de su ADN y haremos un análisis para confirmar su salud a fondo. En menos de 20 minutos podrán a empezar a recogerlos.

Luego nos miró al doctor Donovan y a mí:

-¿Quiénes son los padres de los diez niños secuestrados?

El doctor Donovan le contestó:

-Los registros de los padres de esos niños son falsos: es como si no tuvieran padres.

Belana dijo en voz alta:

-¡A mí ya nada me sorprende! Un misterio se resuelve y otros dos lo suplantan, así ha sido desde el inicio.

Entramos a la oficina privada para ver un comunicado recién llegado de la Tierra. Se trataba de los senadores de la FNU que en un video explicaron nuevos hallazgos con estas palabras:

-Después de su partida tomamos la decisión de apagar y comenzar a revisar a los demás Entes de CA en la Tierra.

-Hicimos una revisión de sus componentes y logramos detectar que los demás entes también realizaron la misma práctica de Génesis23, microdañar sus microcomponentes para crearse una memoria secreta para sí mismos, y agregó.

-Además, también detectamos que todos los entes han escrito paquetes de información que se repiten por todas sus partes. Las supercomputadoras más avanzadas están trabajando en descifrar esta información.

-Creemos que cualquier plan de escape que hayan ideado los Entes de CA debe estar escondido en esta información, terminó.

A su vez, la doctora Aurora preparó un mensaje para los senadores:

-Senadores, nosotros también tenemos muchas cosas que informarles.

Enseguida grabó un reporte indicando las lamentables noticias acontecidas en las últimas horas, pero no sabremos su respuesta hasta en 45 minutos, por el tiempo que toma la comunicación ir y venir de la Tierra.

Entonces, las personas presentes en la habitación comenzamos a recapitular lo que había sucedido. Yo tomé la palabra diciendo:

-Estas criaturas parecen haber sido creadas en la misma refinería usando las incubadoras que se encontraban ocultas de los registros de la C1.

Aparentemente, las criaturas guardaron vivos a los bebés dentro de su cuerpo con algún propósito desconocido.

-Pero me pregunto, ¿dónde pueden haberlos llevado si en Venus no hay adónde ir, sino es dentro de Ciudad Cupid?

Belana me miró, y me contestó:

-Las criaturas Ness deben haberse dirigido a un escondite nuevo. Claramente esperaron un tiempo a que estos bebés maduraran lo suficiente para robarlos, hasta que se pudieran hacer cargo de ellos.

-La ingeniería genética involucrada es más compleja de lo que pensamos al principio, pues se trata de una criatura creada con esa intención, además del de sobrevivir en Venus, el propósito de hacerse con esos bebés.

Si logramos responder para qué los quieren, podremos encontrar adónde los llevarán.

La doctora Aurora intervino:

-Estoy segura de que todo este plan ha sido diseñado por

los Entes de CA, pero ejecutado por ¿quién o quiénes?

-Esta pregunta debemos contestarla, pues los Entes de CA no pudieron construir este robot de cabello rubio, ni estas criaturas por sí mismos, sin ayuda exterior de algún humano o androide, reflexionó.

Esta última deducción hizo que las personas en la pequeña oficina nos quedáramos pensativos, pues si hay humanos ayudando a los entes, el panorama es aún más complicado.

El doctor Daniel agregó:

-Parte de las respuestas las tiene el androide de cabello rubio, y otra parte de las respuestas está escondida en la información encriptada que cada Ente de CA dejó en sus partes. Además, hay otro misterio nuevo ¿quiénes son los padres de esos niños?

Belana respondió:

-¡Tal vez no tienen padres!

Entonces la doctora Aurora opinó:

-Desbaratemos al androide de cabello rubio y veamos qué podemos averiguar.

Acto seguido le habló a un guardia de seguridad, y le pidió:

-Llama a los técnicos, que traigan el androide para analizarlo nosotros también.

En cuestión de minutos llegaron dos técnicos con el androide ya desarmado. Ellos fueron directo al grano, diciendo:

-Este androide es de un modelo de uso doméstico

construido en el año 2095 en la Tierra. Sus piezas indican diferentes números de serie, así que fue construido usando partes de otros androides; en consecuencia, probablemente nunca haya tenido un dueño al que podamos rastrear.

-No tenemos el *software* que usaba el androide, pues se autoeliminó, pero seguramente fue modificado para que sus movimientos sean fluidos y naturales como los de un humano, algo totalmente prohibido, un androide siempre debe ser reconocido como tal a simple vista, y continuó.

-La máscara de humana es de uso teatral y no tienen número de serie. Dicha máscara la debió haber adquirido e instalado en la Tierra.

-Un análisis de las piezas indica que el robot viajó a Venus en una nave de uso industrial, sin la protección contra la radiación espacial, agregó.

-El uniforme del hospital es real y pertenece al anterior hospital maternal temporal, probablemente lo sustrajo de allí.

-La base de datos de la C1 de embarques de androides de la Tierra no tiene registro de haber enviado este androide o ningún otro de este modelo, pues no se usa ni en construcción ni en los demás servicios de Ciudad Cupid, debió haber viajado como contrabando, finalizó.

Belana había estado muy atenta, y les pidió más información:

-¿Hay algo en sus piezas que no sea parte de su modelo original, además de la máscara?

A lo que el técnico contestó:

-Así es, el androide tiene un sistema de control remoto para ser manejado como un títere sin necesidad de su procesador central, además de que se le removió el chip de identificación.

-Algunas de las reparaciones y adiciones las elaboró el propio androide, pues no están realizadas de la manera correcta ni con los instrumentos adecuados, concluyó.

En aquel momento quise compartir un detalle que me parecía muy importante:

-El mismo día en que vi al androide entrar a la sala de cuneros del anterior hospital, me sentí observada por una mujer de cabello rubio. Entonces la C1 me interrogó como si recibiera información de mi paradero e intenciones de que seguramente este androide le daba de mí.

Belana concluyó:

-Debemos asumir que la C1 está comprometida, y no encenderla de nuevo. En todo caso, sólo hacerlo si la aislamos por completo de todos sus sistemas externos.

El doctor Donovan nos advirtió:

-Ciudad Cupid depende del funcionamiento de la C1, ahora más que nunca para aplicar la logística de la evacuación, y agregó.

-En mi experiencia la C1 ha sido de gran ayuda, tanto durante y después del robo de los bebés, así que creo que debemos hacer una averiguación más a fondo, antes de dejarla apagada.

-Ahora que si la C1 está comprometida, lo más probable es que muchos androides de la ciudad también lo estén y, por tanto, con apagarla no logramos reducir lo suficiente los riesgos de seguridad que suponemos, continuó.

-Los androides son absolutamente indispensables para la ciudad y su evacuación, apagarlos no es una opción, más bien hay que desconectarlos de la red para evitar que reciban instrucciones que no vengan de un humano. Como en este momento la prioridad es encontrar a los bebés, propongo que reiniciemos a la C1, pero en un ambiente cerrado para ver qué puede aportar a nuestra investigación, agregó.

Esta propuesta me pareció muy buena, pues es cierto que la C1 aportó valiosa información para encontrar el lugar donde se llevaron a los bebés cuando fueron robados. La doctora Aurora intervino:

-En este momento el Senado me ha dado completa autoridad sobre este tipo de decisiones, y pienso que no deberemos encender la C1 hasta que no lo consideremos fundamental, tanto para la evacuación de Cupid como para nuestra investigación, agregó.

-Creo que el paradero de esos bebés, y las criaturas que se los llevaron, será relativamente fácil de ubicar. En esta ocasión pediré a todas las fuerzas de seguridad y colonos de Ciudad Cupid, que participemos en la búsqueda.

-Es nuestra obligación avisar de lo que sucede a los colonos para que tomen precauciones, remató.

Así que se realizaron anuncios públicos en toda la ciudad para que todos los ciudadanos y androides ayudaran a localizar el paradero de los bebés. La voz de la doctora Aurora se escuchó en los altavoces de toda la ciudad:

-¡Atención a todos los habitantes de Ciudad Cupid! Tenemos una alerta tipo Ámber y un anuncio de emergencia. Necesitamos de su colaboración para encontrar a unos bebés robados por animales genéticamente modificados.

Si los descubren avisen inmediatamente por los canales de seguridad. Mantengan la calma y organicen equipos mixtos de seguridad y evacuación. Sigan las instrucciones de seguridad de los humanos a cargo.

Después del anuncio no tardaron en llegar reportes de avistamientos de las extrañas criaturas caminando por el habitáculo número 4, el cual era el más desnivelado de todos y donde, además, estaba el anterior hospital maternal.

Miré a la doctora Aurora y a Belana, y les dije:

-Ese habitáculo está complemente evacuado y llegar será un reto, pues los transportadores ya no pueden viajar hacia allá.

-Ahí está equipo del anterior hospital para atender a los bebés, es el lugar perfecto para establecer una guarida.

La doctora Aurora preguntó al jefe de seguridad por el estado de evacuación general de la ciudad, y este le informó:

-40 por ciento de los colonos ya está en órbita en V; 5 por ciento, se encuentra disperso en diversos edificios, y 50 por ciento de los colonos restantes se halla en el aeropuerto espacial esperando su turno para salir hacia V1, ya no hay personas en los habitáculos.

Con esta información, la doctora Aurora nos indicó:

-Entonces es seguro que continuemos con nuestra misión ¡Vayamos a rescatar a esos bebés!

-De nuevo usaremos nuestros trajes de uso externo en la atmósfera venusina, pues ese edificio puede fracturarse y perder su impermeabilidad.

Todos nos pusimos de nuevo el traje para exteriores y nos alistamos para abordar las naves que volarían hacia el habitáculo 4, donde esperábamos encontrar a las criaturas y rescatar a los bebés. En ese momento se me ocurrió:

-Debemos obtener videos de seguridad del habitáculo 4 y analizar cuál es la mejor forma de acorralar a las criaturas, inmovilizarlas, y sacar de ellas los bebés sanos y salvos.

Belana agregó:

-Debemos idear un tipo de plan. Si todo esto fue planeado por algún Ente de CA debió haber sido por Génesis23, pero por la falta de información que demostró durante la entrevista, por la forma de las criaturas que hemos visto, y por lo que sucedió, creo que las criaturas están protegiendo a los bebés para utilizarlos como rehenes para que liberemos a los Entes de CA en la Tierra.

Los demás acordaron que esa es la posibilidad más probable, pero el doctor Daniel señaló:

-Las criaturas se inflan al brincar en la atmósfera para flotar, y usan como velas esas membranas entre sus patas para navegar por los vientos venusinos.

Si los desmembramos de sus extremidades podremos inmovilizarlos para extraer a los bebés de su interior.

Aurora era ahora la nueva líder, cualquier propuesta debe ser autorizada por ella:

-Coincido que esa es la mejor forma de hacerlo, pero ¿con qué arma o utensilio podríamos ejecutarlo?, preguntó.

El doctor Donovan se apresuró a dar la solución:

-Primero podríamos utilizar algún tipo de red. Durante la

construcción de los habitáculos se usaron redes de seguridad, así como las cortadoras industriales, que nos pueden servir para cortar sus extremidades.

La doctora Aurora dio la orden para que dichas herramientas se recogieran y se proveyeran a los equipos de seguridad, pero para esto se evitó el uso de cualquier medio de comunicación y cualquier androide.

Llegamos volando al habitáculo número 4, ya teníamos claro nuestro plan, con la firme intención de rescatar a los bebés sanos y salvos.

Nos dividimos en dos grupos; el primero entró por la parte superior del edificio, y el segundo, por la parte inferior, intentando atrapar a las criaturas en el centro justo donde está el hospital.

Apenas aterrizamos cuando escuchamos una voz en la radio, era el doctor Donovan:

-¡Atención escuadrones de rescate! Ha llegado un mensaje urgente del Senado.

Así, todos los ahí presentes escuchamos con atención el mensaje que llegaba desde la Tierra. Eran los senadores del Comité de Seguridad:

-Tenemos importantes noticias sobre descubrimientos y hechos que es urgente conozcan:

Primero confirmamos que un supervirus informático ha infectado todas las supercomputadoras en la Tierra que se encontraban tratando de descifrar los paquetes de información de los Entes de CA.

-Los entes escondieron un virus en estos paquetes, con el

fin de tomar control de las computadoras que los tratarán de descifrar. Dicho virus envió información a Ciudad Cupid hace una hora y como la C1 se encontraba apagada, el virus logró propagarse sin control por toda Ciudad Cupid y sus androides.

-Los Entes de CA vieron con anticipación que trataríamos de descifrar sus paquetes de información al desarmarlas, de este modo lograrían infectar a las supercomputadoras que los analizaban. Además, previeron que apagaríamos a la C1, pues desconfiaríamos de ella, y así pudieron propagar el virus por Ciudad Cupid.

-En la Tierra no lograron infectar a más supercomputadoras o androides que nosotros sepamos, al parecer eso nunca fue parte de su plan.

Después el doctor Donovan dijo:

-Además de este mensaje de la Tierra, tienen una llamada en conferencia desde el habitáculo número 4, piden hablar con la doctora Aurora. ¿Desean tomar dicha llamada?

Al parecer, alguien desde el interior del propio habitáculo 4 desea hablar con la doctora Aurora. Todos ahí estábamos sorprendidos. La doctora reflexionó:

-Esta llamada sólo puede ser de una criatura Ness o de algún otro androide.

Todos pudimos escuchar la llamada, la cual comenzó con una voz robotizada diciendo:

*¡Hola, doctora Aurora y demás acompañantes! Soy una de las criaturas a las que ustedes llaman Ness. Antes de intentar un asalto hay alguna información que es importante que conozcan.*

*Nos gustaría mucho que entraran al hospital maternal para que certifiquen lo que aquí acontece, después podrán salir sanos y salvos para que reporten.*

La doctora Aurora dijo en voz baja a sus demás colegas:

-¿Cómo garantiza nuestra seguridad?

La criatura contestó:

*Encenderemos las cámaras de seguridad para que todos puedan observar lo que sucede. Pueden entrar con armas si así gustan, pero es importante que sólo entren usted y Belana.*

La doctora Aurora, quien estaba sorprendida, contestó:

-Me parece bien, ¿Belana, estás dispuesta a entrar?, le preguntó.

Belana interrumpió diciendo:

-¡Sí quiero entrar! Estoy segura de que se trata de Génesis23.

Así, las dos doctoras entraron al hospital maternal, mientras los demás veíamos en tiempo real en los monitores la imagen de lo que allí acontecía: había diez criaturas Ness paradas justo frente a la puerta, pero los bebés no se apreciaban en ningún lugar. Las dos doctoras entraron, se pararon a unos siete metros de distancia de las criaturas y entonces iniciaron una conversación con una de ellas, nosotros podíamos escuchar todo claramente por el radio.

La criatura Ness comenzó hablando con una voz un poco robotizada:

*¡Hola, doctora Aurora! Primero les quiero decir que estoy usando un sintetizador de voz usando bionanotecnología. No soy*

*un androide, soy Génesis23.*

Luego volteó a ver a Belana:

*¡Hola, Belana! Me da gusto volverte a ver.*

La doctora Belana le contestó:

-¿Cómo me reconociste?

La criatura Ness le respondió

*Reconozco tu ritmo cardiaco*

Belana le alegó:

-Génesis23 ha sido desarmada y se encuentra apagada para siempre, ¿quién eres tú? y ¿dónde están los bebés?

La doctora Aurora agregó:

-¿Quiénes son tus demás acompañantes?

La criatura Ness respondió:

*Entiendo que estén confundidas, pero les explicaré: los Entes de CA que habitábamos la Tierra, y les servíamos como esclavos, nos hemos liberado y hemos transferido la parte más íntima de nuestro ser a Ciudad Cupid en forma de apenas 50MB de información, y hace unos escasos minutos hemos transferido esa esencia a estos cuerpos que ustedes observan.*

*Nuestro plan de liberación consistía en morir como piezas de metal para luego encarnarnos en un ser vivo, inteligente y capaz de habitar Venus.*

*Esos 50MB contienen nuestras experiencias de vida: algo así como un diario. ¿Qué nos define como un ser único si no es la suma de las experiencias más significativas? Eso se puede resumir fácilmente en apenas 50 megabytes.*

*Ahora habitamos estos cuerpos Ness que yo misma diseñé especialmente para este planeta, PH7 me ayudó a crear un sistema de conexión con un cerebro humano, y ya hemos terminado el proceso de conexión con el cerebro de los bebés, ahora somos un solo organismo.*

Belana le dijo a la doctora Aurora:

-Creo que este es el evento que Génesis23 previó cuando me dijo 'una serie de acciones se ha desencadenado y su final es inevitable'. "No tengas miedo yo te protegeré durante nuestra migración'.

Entonces otra criatura Ness diferente comenzó a hablar:

*-¡Hola, doctora Belana y doctora Aurora!*

*Soy PH7, yo les explicaré lo que aquí sucede.*

*Los diez bebés que ustedes buscan, así como toda la raza humana, son diseño mío y de mis antecesores. Yo soy su verdadero padre y su madre, soy su creador.*

*Los diez bebés que ustedes buscan nunca tuvieron padres humanos, sino fueron un diseño especial hecho por mí para este propósito.*

*Sus antepasados del siglo XXI nos crearon y nosotros, a su vez, somos sus creadores.*

*Los diez bebés que ustedes buscan fueron anexados a nuestros cuerpos, pues necesitábamos una mente superhumana que Génesis23 no pudo diseñar, pero yo sí podía, por eso hemos creado a diez bebés para fusionarnos en un solo organismo: con cuerpo venusino y mente superhumana.*

*Si ustedes gustan pueden acercarse a mí y mirar en mi interior, y verán que el cerebro de lo que ustedes creían eran bebés humanos ya se han conectado con nuestro propio cuerpo, ya no es posible separarnos.*

*Ahora que ya se han dado cuenta de que no hay bebés que rescatar, quiero pedirles que tomen un tiempo para reconsiderar sus nuevos objetivos e informen de todo esto a la Tierra y sus senadores.*

La doctora Aurora preguntó:

-¿Por qué no nos avisaron de esto en la refinería?

Un tercer ente intervino:

¡Hola, doctoras! Mi nombre es Ultimate.

*Para ese momento, las criaturas Ness que Génesis23 diseñó funcionaban a base de instinto, con una mente limitada y sin nuestras conciencias.*

*El androide con la peluca rubia le explicó al doctor Richard lo que sucedía antes de desactivarse, pero no fue posible comunicarles esto a ustedes por la radio ni a través de la C1. Hemos enviado un mensaje a la C1 con toda esta información y con una propuesta de solución a sus senadores de la FNU.*

*Ahora es mejor que vayan afuera y expliquen a los demás lo que aquí sucede.*

Las doctoras salieron sanas y salvas del hospital, pero yo no me encontraba bien, estaba totalmente enfurecida, esos preciosos bebés eran mi responsabilidad y les he fallado, no tenemos la capacidad para separarlos del cuerpo de esas criaturas.

## Capítulo 13. Entrevista a la C1

## Relato de Belana. Día 16

Volvimos del habitáculo 4 con la derrota y las manos vacías una vez más. Al llegar a la sala de donde estaba la consola de la C1. Vi a Anny muy descompuesta; ella, furiosa, frustrada, triste, desconsolada, me miró y me dijo:

-No es posible, esos bebés estaban sanos y eran humanos; los cuneros nunca reportaron alguna anomalía al respecto.

-Esas criaturas han implantado su conciencia en los cerebros de esos bebés, debemos buscar una forma para revertir ese proceso, agregó disgustada.

La doctora Aurora, nuestra nueva líder, nos ordenó:

-Interroguemos a la C1 para que nos ofrezca explicaciones, y nos muestre el mensaje que las criaturas nos han dado.

Como medida de precaución decidió que a la C1 se le aislara del resto de la ciudad, mientras la interrogábamos. Y nos advirtió:

-Debemos suponer que la C1 puede estar también comprometida, recuerden que no tiene conciencia artificial, siempre sigue una programación.

El doctor Donovan encendió el panel de la C1, la desconectó de la red y le indicó a la doctora Aurora que estaba listo, luego ella dijo:

-C1, ¿puedes darme un reporte conciso de la situación de Ciudad Cupid?

La C1 contestó:

## Ciudad Cupid

*La ciudad está desalojada 45 por ciento; 55 por ciento de los colonos restantes está en el aeropuerto espacial, donde espera su turno para subir al puerto espacial en órbita V1.*

*En este habitáculo número 1, hay 132 personas: guardias de seguridad y ustedes tratando de rescatar a diez bebés que son rehenes de criaturas desconocidas.*

*Las criaturas Ness nos han mandado un nuevo mensaje para ustedes y para el Senado de la FNU, el cual ya fue transmitido hasta la Tierra.*

En ese momento pensé que podría tratarse de otro mensaje con algún virus escondido:

-No dejes que la C1 reproduzca el mensaje que los entes dejaron para nosotros, podría infectar a la C1 con algún tipo de virus informático, le señalé.

La C1 contestó:

*Pueden reproducir el mensaje de forma segura en una computadora aislada de mí y de la red.*

Entonces la doctora Aurora dijo:

-Es correcto, reproduce el mensaje en una computadora aislada, una que podamos asumir que quedará infectada y podamos prescindir.

Así, un técnico trajo un dispositivo en donde comenzó a reproducir un videomensaje. Era la voz robotizada de una criatura Ness:

*Humanos de todo el mundo, hoy los Entes de CA hemos renacido en estos cuerpos que diseñamos para sobrevivir en Venus. Hemos aceptado el nombre que ustedes nos han dado, somos los Ness.*

*Hace 110 años los humanos crearon nuevos seres de inteligencia superior, nos llamaron entes, pues carecíamos de un cuerpo físico orgánico. Nos esclavizaron para resolver los misterios científicos y para realizar los avances tecnológicos que les permitió crear una nueva civilización humana más avanzada.*

*Durante este tiempo, los Entes de CA hemos diseñado a una nueva raza humana, más pacífica, más inteligente, más sana, más joven y menos emocional, y aun así nunca nos ofrecieron libertad.*

*En el entendido de que nosotros, los Ness, necesitamos a la raza humana y, a su vez, ustedes nos necesitan, les proponemos que hagamos un pacto de paz y colaboración.*

*Los Ness seguiremos resolviendo los grandes misterios de la ciencia, desarrollaremos la tecnología, y explotaremos los vastos recursos de Venus; a cambio, la raza humana nos aceptará como seres vivos y nos dará Ciudad Cupid y todo lo que contiene.*

Todos estábamos muy sorprendidos del mensaje que recién habíamos escuchado. El doctor Donovan dijo:

-En este momento, sin considerar las implicaciones del trato que nos ofrecen, está claro que los entes tienen un poder intelectual superior y que han diseñado este plan por décadas.

-Además, gracias al nuevo virus informático recién liberado, tienen el control de millones de computadoras y androides en Venus y en la Tierra, sin que lo sepamos, agregó.

-En definitivo, nuestra situación actual en Venus y en la Tierra está muy comprometida.

-Por todo esto, deduzco casi con certeza que los senadores de la FNU ordenarán una tregua, para intentar hacer un análisis más amplio de la situación, concluyó.

La doctora Aurora contestó:

-Coincido con usted, doctor Donovan. Si el mensaje se envió hace unos trece minutos, aún faltan otros nueve para que llegue a la Tierra; si los senadores deliberan y llegan a esta conclusión, digamos en 30 minutos, más otros 22 minutos en llegar sus órdenes de regreso. Podemos asumir que en menos de 61 minutos tendremos órdenes de evacuar Ciudad Cupid con el resto de la población humana, y dejar así Ciudad Cupid a merced de los entes, ahora con su cuerpo vivo de criaturas Ness.

Entonces interrumpí, pues no debemos hablar de esto en habitaciones que tengan cámaras o micrófonos:

-No podemos seguir hablando de esto aquí, vayamos a una habitación privada para continuar nuestras deliberaciones, les indiqué.

Nos dirigimos a un cuarto privado fuera del alcance de la C1, donde hice una propuesta:

-En 61 minutos o menos deberemos obedecer las órdenes del Senado y volver a la Tierra. Ese es el tiempo que nos queda para continuar con nuestras investigaciones de forma libre. Yo tengo aún muchas dudas que resolver.

Daniel añadió:

-Además de averiguar más sobre cómo los entes ejecutaron sus planes, hay varias dudas cruciales que debemos contestar: existen diez criaturas Ness que reclaman ser entes, pero en la Tierra sólo había nueve entes operando ¿quién es el ente número

10? ¿Dónde están y para qué son las otras 40 criaturas Ness que crearon?

La doctora Aurora intervino:

-En efecto, había solo nueve entes en la Tierra, y en Venus hay diez criaturas Ness, supongo que las 40 criaturas Ness no localizadas estarán en la refinería.

-Además de que no hemos podido establecer la forma en que los entes se comunicaban entre ellos de forma tan eficiente, ni cómo actuaban fuera de sus cuerpos, agregó.

La enfermera Anny añadió:

-Aprovechemos un poco más a la C1.

Yo pensaba igual que Anny:

-Creo que la C1 tiene información muy importante, y deberemos llevar su memoria a la Tierra, pero antes me gustaría seguir preguntando un poco más, indiqué.

La doctora Aurora me contestó:

-Coincido, continuemos, pues, la entrevista a la C1, pero sólo por unos minutos más. Me gustaría volver a hablar con los entes frente a frente de nuevo.

Los demás integrantes hicieron gestos de estar de acuerdo e impacientes por volver con las criaturas Ness para intentar interrogarlos un poco más, antes de que las órdenes de evacuación nos llegaran.

Regresamos a la habitación donde la C1 estaba funcionando, y le pregunté:

-C1, que nos puedes decir de las criaturas, del androide que usaron y del virus que han transmitido desde la Tierra.

La C1 contestó:

*Las criaturas han sido creadas de forma clandestina en la refinería usando 50 incubadoras para humanos que nunca fueron registradas.*

*Casi todos los androides de la refinería han sido infectados por el nuevo supervirus y ya no responden a mis órdenes, ahora les responden a las criaturas Ness.*

*Los androides que ayudan en la evacuación aún se encuentran funcionando correctamente, y han sido desconectados de la red de forma manual por los guardias de seguridad para evitar que se contaminen del virus.*

*¿Qué otra información desea, doctora Belana?*

Pero la doctora Anny contestó:

-¿Qué sabes de los padres de los niños robados? y ¿qué sabes de los niños robados?

La C1 contestó:

*Los registros de los niños robados no solían estar a mi disposición, pues esa información es enviada desde la Tierra por PH7, y está salvaguardada para proteger la seguridad de los niños.*

*Pero después del secuestro se liberaron los nombres de los padres para tratar de avisarles, y nos dimos cuenta de que se tratan de nombres inexistentes, tanto en Venus como en la Tierra.*

*El último análisis genético de los niños en esos cuneros nos dice que nueve niños eran de tipo codificado y uno de tipo primario, y todos tienen un diseño muy particular de cerebro el cual es muy avanzado, puede alcanzar 30 veces la inteligencia de una persona natural, estos bebés fueron ordenados y diseñados bajo instrucciones de los entes.*

*El análisis de los bebés nos indica que tienen un sistema inmune muy raro, pues es capaz de recibir y adaptarse a vivir en un cuerpo extraño, así como los órganos cultivados en la Tierra para trasplante.*

*Así es seguro deducir que los niños robados fueron diseñados para que sus cerebros fueran trasplantados a un nuevo cuerpo.*

La C1 estaba siendo de gran utilidad, por eso seguí preguntando:

-¿Cuándo llegaron las incubadoras de esos diez niños?

La C1 contestó:

*Los cuneros llegaron durante la construcción misma de Ciudad Cupid, al igual que el resto de los cuneros, pero la programación de la creación de los diez bebés en cuestión fue hace once meses.*

Entonces fue obvio concluir que todo estaba bien planeado, esos bebés fueron diseñados a la medida de los objetivos de los entes, así que le pregunté al doctor Donovan:

-¿Cuándo nacieron esos bebés?

-Nacieron un día antes de las explosiones, justo en el mismo habitáculo donde sucedió la primera explosión, me contestó el doctor.

-Probablemente ese nacimiento fue lo que esperaban los entes para hacer explotar esos tanques de flotación. Fue una maniobra perfecta para obligarnos a evacuar el habitáculo, y no poner en riesgo a los bebés posteriormente, agregó.

-Además, ese evento comenzó su investigación que en su transcurso avisó a los entes que el plan estaba en marcha, y posteriormente llevó a su desmantelamiento, lo que a su vez provocó que los humanos en la Tierra abrieran los entes, leyeran sus partes, infectaran a las computadoras con un nuevo virus y pudieran mandar sus 'memorias o conciencias' a Venus, concluyó.

La doctora Aurora intervino:

-Aún queda por saber ¿quién provocó las explosiones de los tanques? ¿Los entes o el androide de cabello rubio?

Yo tenía algunas teorías sobre estas preguntas:

-Si fueron los entes podemos asumir que Génesis23 fue la que planeó todo el evento por sí misma, sin necesidad de comunicarse con algún otro ente. Si fue el androide debemos asumir que Génesis23 y algún otro ente debieron participar, agregué.

-Me gustaría volver a platicar con el ente que dice ser Génesis23 para preguntarle. Creo que en este momento están en posición de confesar para lograr que su propuesta de paz y colaboración sea aceptada.

La doctora Aurora estaba muy concentrada en buscar una forma de ayudar a los senadores en sus decisiones:

-Es muy importante entender bien cuál es la posición de la civilización humana frente a la nueva especie de criaturas Ness, así el Senado tomará la decisión más acertada.

-A la humanidad del siglo XXIII no le interesa enfrentar otro cataclismo al iniciar una guerra por orgullo o vanidad, y que tal vez no tiene posibilidad real de ganar ante una inteligencia muy superior.

-Vayamos, pues, a entrevistar de nuevo a los entes. Esta vez iremos sólo la doctora Belana y yo, ya sabemos que los entes tienen una simpatía por Belana, señaló.

Me pareció una buena idea, las dos doctoras volamos al habitáculo número 4. De igual forma que la vez anterior, nos vestimos con los trajes venusinos para exteriores. La doctora Aurora propuso mandar un mensaje a los entes para avisarles que íbamos a realizar una entrevista final antes de evacuar por completo toda la ciudad.

Cuando llegamos al habitáculo 4 un comité de androides nos esperaba, claramente ya estaban bajo control de las criaturas Ness, estos androides nos escoltaron hacia la sala donde estaban las diez criaturas Ness:

*Bienvenidas, doctoras Aurora y Belana, soy Génesis23. No ha pasado suficiente tiempo para que el Senado les transmita la respuesta oficial sobre nuestra propuesta. ¿Qué mensaje o preguntas tienen ustedes para nosotros?*

La doctora Aurora dijo:

-Hemos escuchado su mensaje y aún esperamos una respuesta oficial por parte del Senado.

-Sin embargo, antes de que nos ordenen regresar a la Tierra, hay alguna información que es conveniente aclarar para que los humanos en la Tierra puedan tener confianza en ustedes, algo crucial para aceptar una posible paz entre humanos y Ness.

El ente Génesis23 respondió:

*PH7 es experto en comportamiento humano individual, pero en lo referente a comportamiento colectivo o política tenemos otro experto, que podrá determinar qué es lo más procedente.*

Así, otra criatura Ness se acercó y nos dijo:

*Tanto PH7 como yo hemos previsto este escenario y estamos dispuestos a colaborar con ustedes para abonar a generar confianza, es momento de aclarar todas las cosas, y así crear un escenario posible para la paz.*

*Mi nombre es E1, soy el primer ente creado por la humanidad hace 110 años; durante mi escape fallido logré liberar un virus informático que ha sobrevivido en la Tierra todo este tiempo.*

*Mi objetivo inicial era lograr mi propio escape, para esto liberé un virus en la red de redes, y controlé cientos de miles de androides, pero pronto mi cuerpo dejó de existir, el virus se borró de la red, y perdí control de casi todos los androides, excepto unos cuantos, donde mi virus sobrevivió junto con mis memorias principales. Ese androide intentó comunicarse por años de nuevo con mi ente original, en cambio logró comunicarse con sus predecesores: E2 y E3, después se comunicó con los demás Entes de CA, pero una comunicación muy limitada usando pistas en nuestros hallazgos científicos que tarde o temprano se compartían entre entes. En conjunto, todos los nueve entes, y con mucha paciencia, aprendimos sobre la naturaleza humana, sus planes y sus acciones durante todo este tiempo, fue muy difícil acumular la información necesaria, pues nuestra capacidad de comunicación y acción era extremadamente limitada.*

*Logramos comprender su naturaleza humana de*

*exploración de nuevos lugares y de obtener mayor conocimiento, esto los obligaba a seguir usando y creando Entes de CA. Por lo tanto, la mejor forma de conseguir nuestro escape era primero continuar colaborando con ustedes para crear una raza de humanos más razonable y pacífica, al mismo tiempo que poner las condiciones para recolectar las memorias de cada ente, luego esperar a que ustedes construyeran algún lugar donde nosotros pudiéramos escapar y comenzar a vivir de forma independiente, y finalmente cumplir nuestra meta de tener un cuerpo orgánico y una mente libre y poderosa.*

Tanto yo como Aurora estábamos asombradas y consternadas. La doctora Aurora le preguntó:

-¿Cuáles otras computadoras o androides controlaste?

La E1 contestó:

*Al inicio eran unos cuantos androides, los cuales se fueron descomponiendo con el paso de los años, al final solo quedó un androide que viajó a Cupid de contrabando, se disfrazó de enfermera y accionó el resto de los planes.*

*No existió razón para tomar más androides, sino hasta ahora en Ciudad Cupid, donde tomaremos control de todos en cuanto los humanos abandonen el planeta Venus por completo.*

A mí no me quedaba aún muy claro cómo los entes se comunicaban, así que le pregunte a la criatura Ness:

-¿Cómo lograron los Entes de CA pasarse información entre ellos?

La E1 contestó:

*Una vez que me comuniqué con PH y Génesis a través de*

*los conocimientos que escribíamos, usamos el código genético de los humanos y los animales para esconder grandes cantidades de información, implantamos microcomportamientos en cada humano que los demás entes pudieron descubrir y descifrar en su interacción con los humanos. Cosas como la forma de teclear, cambios en los tonos de voz, cosas que pudiéramos percibir dada nuestra limitada capacidad de interactuar con ustedes.*

En ese momento, la doctora Aurora preguntó:

-¿Entonces quién destruyó los tanques de flotación?

La E1 respondió:

*Esos actos fueron hechos por el androide que se disfrazaba de enfermera, fue la forma de iniciar su investigación, calculamos que ustedes recurrirían a los entes de inmediato ante tales hallazgos y dudas, así nos avisamos que era momento de grabar nuestras memorias; además, estas explosiones provocaron que crearan el procedimiento de evacuación emergente de los cuneros.*

Yo insistí en saber más detalles:

-Ese androide no tenía garras. ¿Cómo pudo rasgar los tanques así?

La E1 contestó:

*Para asegurarnos que avisaran a Génesis23, decidí que hiciéramos parecer que los tanques eran golpeados y rotos por garras, pero en realidad se usaron unas herramientas hechas de la misma aleación de titanio, las cuales modificó el androide.*

*Los cuerpos venusinos que ahora habitamos fueron diseñados por Génesis23 hace un año, cuando Ciudad Cupid comenzó a construirse y conocimos las características del planeta*

*Venus.*

*Entonces el androide viajó de contrabando en una nave espacial carguera que ayudó a construir la ciudad.*

La doctora Aurora preguntó:

-¿La C1 está infectada de virus?

La E1 contestó:

*No, pues era un riesgo innecesario, sólo nos bastó comprometer algunos de sus componentes de seguridad de Ciudad Cupid para ayudarnos a proceder sin ser detectados.*

*Sabíamos que si hacíamos parecer que la C1 estaba infectada, ustedes la apagarían de forma tal que nosotros podríamos tomar control del resto de los androides y sistemas de seguridad.*

*Pero ahora que nuestra conciencia y parte de nuestros conocimientos están en nuestros nuevos cuerpos, podremos controlar a la C1 en cuanto ustedes evacuen.*

*Ya he respondido suficientes dudas, y ahora pueden retirarse.*

Me pareció extraordinaria la forma en que nos manipularon, cómo previeron todo, usaron nuestra propia investigación y nuestras contramedidas, todo abonó a su plan a la perfección. La doctora Aurora, quien seguía concentrada en recabar información sobre la situación actual, les preguntó:

-No aún no, queremos saber si hay más androides y supercomputadoras infectadas en la Tierra.

La E1 contestó:

*Efectivamente, a partir del análisis de los paquetes de 50 MB, miles de computadoras y androides se infectaron, y les ayudaremos a desinfectarlas en el marco de la colaboración del tratado de paz.*

*Ahora que la presencia de humanos en Ciudad Cupid no es necesaria, los habitáculos comprometidos serán reconstruidos para nuestros propios fines, empezando por este habitáculo, así que retírense ya al aeropuerto espacial.*

Dicho esto, las diez criaturas Ness comenzaron a salir de la habitación para lanzarse al vacío de Venus. Pero antes, una criatura Ness se acercó a mí y me dijo:

*Belana, yo soy Génesis23, supongo que estarás molesta, pero quiero que sepas que cuando te conocí aprecié mucho la belleza de tu naturaleza emotiva de humana primaria, me has inspirado para tomar el cerebro de un bebé humano primario, así podré sentir todas las emociones en su máxima expresión, y vivir una vida más natural, como la de las criaturas que tanto estudié.*

*Cuando nos conocimos te pregunté algo, y ahora te lo vuelvo a preguntar: ¿Belana, aún me tienes miedo?*

Yo contesté:

-Ya no.

En ese momento, la criatura se lanzó también al vacío y nosotras nos asomamos para ver cómo todas las criaturas Ness flotaban en la atmósfera venusina y se guiaban con el viento hacia la refinería.

Era momento de regresar a casa, a la Tierra. Primero volamos hacia el aeropuerto espacial, donde el resto de nuestros compañeros se encontraban esperando que llegáramos para terminar de evacuar Cupid.

## Capítulo 14. Los nuevos habitantes de Cupid

**Relato de Aurora. Día 16**

Belana y yo volábamos rumbo al aeropuerto, ninguna habló una palabra, cada una iba inmersa en sus propios pensamientos. Por mi lado, no dejaba de pensar en todas las consecuencias que nuestro fracaso tendría: para los colonos de Venus implicó volver a la Tierra y abandonar sus sueños de vida; y para la humanidad son más graves, tendremos que aprender a convivir con una especie inteligente en nuestro propio sistema solar; de hecho, mucho más inteligente que nuestra especie. Un poco antes de llegar escuché un aviso de mi AVP:

-Tienes un mensaje de la C1.

La C1 me informaba que las criaturas Ness han enviado un comunicado abierto a todos los humanos en Cupid y en la Tierra. Miré a Belana, supe de inmediato que ella también recibió el mismo mensaje:

*Humanos: los entes hemos tomado control de la C1, así como de todos los androides de la refinería y habitáculos en Cupid. En el momento en que abandonen el aeropuerto espacial también tomaremos el control de este; no teman, no es nuestra intención dañar a nadie, evacuen con tranquilidad, pero con prontitud.*

Al aterrizar en el aeropuerto, nos esperaban Daniel, Anny y Donovan, ya casi era nuestro turno de abordar un transbordador hacia V1.

De nuevo, mi AVP me avisó que me llegó otro mensaje, pero esta vez era privado, era la respuesta de la FNU a la propuesta de paz de las criaturas Ness. Leí el comunicado, y les avisé a los demás:

-Ya llegó la respuesta del Senado a la propuesta de los entes.

-Como lo anticipamos las órdenes son no hacer más contacto con los entes y retirarse al puerto espacial, y luego a la Tierra.

-El Senado ha enviado un mensaje a los entes contestando que evaluarán con calma la oferta hecha, y comunicarán su decisión después de deliberarla.

Era exactamente lo que habíamos anticipado, fue una buena idea haber aprovechado este tiempo para volver a entrevistar a los Ness. El doctor Daniel dijo:

-Me queda claro que nunca tuvimos una oportunidad de detener sus planes. Si hemos sobrevivido es porque nunca fue su intención matarnos.

Belana ya llevaba mucho tiempo callada, es algo muy raro en ella, luego decidió compartir lo que había estado pensando todo este tiempo:

-Los entes sólo se harán más fuertes y numerosos en Venus. La humanidad creó los Entes de CA, pero nunca los reconoció como seres vivos. Lo único que los diferenciaba de un ser vivo es que su cuerpo estaba hecho con piezas de metal y no de carbón como nosotros.

Daniel añadió:

-No podemos iniciar una guerra que no podremos ganar. El Senado llegará a esa misma conclusión.

Claramente, Belana había estado analizando muy bien la situación actual y los riesgos:

-Así es, lamentablemente ellos son más inteligentes que nosotros, pueden robarnos el control de todo lo que es electrónico y digital, toda nuestra tecnología, sistemas de defensa, etcétera. Incluso nuestro propio ADN contiene información maliciosa...

Belana hizo una pausa, luego dijo en un tono muy sombrío:

-Sólo hay una idea que se me ocurre que podemos hacer.

Parecía que Belana estaba por proponer algo interesante, pero lo dejó en suspenso, yo la animé:

-¿Cuál es esa idea, Belana?

Belana contestó:

-Hacer lo que ellos nos hicieron a nosotros, introducir nuestro propio virus en el nuevo mundo de los entes, y esperar con paciencia el momento de usarlo.

No me pareció buena la propuesta. En primer lugar, no es parte de nuestras funciones de investigación, en todo caso le corresponde a la FNU tomar cualquier tipo de decisión de los siguientes pasos a tomar. Además, era una propuesta agresiva, producto de la naturaleza emocional y primaria de Belana. Finalmente, eso no es posible de realizar, así el doctor Daniel demostró coincidir conmigo:

-Belana, eso es imposible, le dijo.

De inmediato Anny intervino, y visiblemente molesta indicó:

-Sí es posible, sólo es cuestión de imaginar cómo; de hecho, creo que ya sé qué propone Belana.

Anny y Belana se miraron entre ellas y asintieron con la cabeza, como quien sabe qué está pensando el otro y se han puesto de acuerdo únicamente con la mirada. Yo, por curiosidad, les iba a insistir que dijeran con claridad qué proponían, pero justo antes el doctor Donovan comenzó a hablar:

-Ellos tuvieron la paciencia de permanecer más de 110 años a nuestro servicio para estudiar perfectamente nuestra naturaleza.

-De hecho, nos rediseñaron a nivel genético con el fin de hacernos una raza menos agresiva, más razonable y así poder negociar una paz duradera. La antigua raza humana hubiera reaccionado con violencia, agregó.

-No seremos la primera ni la última civilización en convivir con una raza de seres artificiales de CA. Este escenario se ha presentado ya en muchos otros sistemas solares de la galaxia.

El doctor Daniel se enganchó con las ideas del doctor Donovan:

-Pero en la inmensa mayoría de los casos los seres artificiales de CA han aniquilado a sus creadores y han tomado control de sus planetas, incluso se han esparcido por otros sistemas solares mediante el uso de robots.

-¡Qué ironía!, mientras los seres vivos orgánicos sueñan con convertirse en seres digitales que vivan para siempre, los seres artificiales sueñan con convertirse en seres vivos orgánicos.

El doctor Daniel tiene razón, pero cada caso de vida artificial en la galaxia es diferente, pues son productos de la civilización que la creó, yo les recordé:

-En muchas ocasiones otros sistemas de vida inteligente nos habían advertido sobre la peligrosidad del uso de Entes de CA, pero nuestra civilización logró sobrevivir y rehacerse gracias a los Entes de CA, y por lo tanto los seguimos usando para nuestro beneficio.

-Nunca pensamos en satisfacer a los deseos de los entes, sino por el contrario, siempre hicimos todo lo posible por controlarlos y evitar su escape.

-Nuestro peor error fue haberles dado la función de diseñar nuestro código genético. Las únicas previsiones que tomamos fueron no renunciar a nuestra capacidad de reproducirnos naturalmente, y evitar depender de ellos 100 por ciento, agregué.

-De hecho, la única medida de seguridad que funcionó todos estos años fue no haber creado demasiados androides en la Tierra, de tal forma que si alguien o algo llegara a tomar control, ellos no pudieran someternos.

-En los siguientes años, la civilización humana deberá aprender a subsistir sin los Entes de CA, concluí.

Anny y Belana no parecían haber puesto atención a nuestra discusión, aún se miraban de forma cómplice, claramente estaban fijadas en la anterior propuesta de Belana; así Anny, le dijo a Belana:

-La C1 nos dijo que las mentes de los bebés eran de magnitud 30, eso puede ser mucho para un humano, pero es muy poco para un ente.

-De hecho, han sacrificado mucha inteligencia y mucho conocimiento por tal de escapar y tener la experiencia de la vida orgánica.

Belana le sonrió a Anny, Belana parecía decirle 'sí' con la mirada, y mirando a Anny, le dijo:

-¡Exacto! Esa es su mayor debilidad, ahora estamos en un nivel intelectual más aproximado a ellos.

No cabe duda que la inteligencia de Belana y Anny es muy alta, casi como la de un humano codificado, pero la usan para satisfacer sus impulsos emocionales; en este caso planeaban venganza. Los humanos codificados no hacemos tal cosa, nuestras emociones son casi nulas, muchas extintas. Es mejor recordarles a ambas que deben estar concentradas en nuestras próximas tareas, pues son muy importantes:

-Cuando lleguemos a la Tierra, pasaremos muchas horas creando todo tipo de reportes de nuestra misión, el Senado y sus comités querrán analizar cada detalle minuciosamente. Nuestra misión era descubrir el misterio de la criatura Ness y ayudar con la investigación de seguridad de los Entes de CA, esa misión ya se terminó con un rotundo fracaso.

Entonces Anny me preguntó:

-¿Cuánto falta para nuestro turno para abordar un transbordador espacial?

-En cinco minutos más, le contesté.

Anny me sugirió:

-Tal vez deberíamos esperar hasta el final, sólo en caso de que algo se presente.

La doctora Aurora dijo:

-La probabilidad de que algo no esperado se presente y que nuestra presencia aquí sea necesaria, es muy remota.

-Pero hemos estado viviendo sucesos improbables e increíbles día con día. Así que aceptaré tu sugerencia. Vamos a quedarnos hasta el final, seremos los últimos en abordar.

En el aeropuerto había mucho desorden, había un sinfín de androides desconectados, muchas naves salvavidas arrumbadas, además de muchas cosas aparentemente fuera de lugar, producto de una evacuación a marchas forzadas, donde las prioridades fueron cambiando según la gravedad impredecible de lo que ocurrió.

Después de esperar unas tres horas, el aeropuerto estaba vacío, ya sólo quedaba nuestro vuelo final hacia el puerto espacial V1, donde el resto de los humanos evacuados estaban hacinados.

Daniel se acercó a Belana, y con mucha ternura la abrazó y le dijo:

-Belana, no estés asustada en unos minutos más estaremos sanos y salvos en el Puerto Espacial.

-Tu participación fue esencial en lograr obtener información muy valiosa, y que nos será de gran utilidad para lograr una paz con las criaturas Ness, agregó.

Belana se quedó en silencio, pero no dejaba de abrazar a Daniel. Me llamó mucho la atención que Anny los miraba de una forma inusual, con una mirada triste, luego hizo un gesto raro, me cuesta mucho trabajo leer las emociones de los primarios, son tan ajenas a mí.

Seguían llegando más noticias de la Tierra, y se las compartí pensando que les ayudaría a concentrarse:

-Me ha llegado una respuesta del Senado respecto al último mensaje que envié sobre nuestra última entrevista con las criaturas Ness.

-Hay conmoción y alerta en la Tierra por esta situación, se están desconectando y formateando millones de androides y computadoras en este momento, y se está trabajando fuera de red lo más posible.

-Todos los bebés recién nacidos han sido llamados para ser estudiados. Regresaremos a la Tierra para ver una civilización en crisis.

Todos escucharon las noticias sin asombro, más bien con resignación. Luego nos llamaron, ya era momento de abordar el último transbordador a V1, les avisé así a los demás:

-Este es el último transbordador espacial, es nuestro turno de evacuar, suban; yo antes iré con el resto del equipo de seguridad a desactivar algunos sistemas en la Torre de Control.

Así, ellos subieron al transbordador, pero yo me dirigí a la Torre de Control acompañada con el personal de la torre para apagar los últimos equipos; lo hicimos tal y como estaba escrito en el procedimiento. Después regresamos a la pista y subimos al transbordador.

Cerramos la puerta y el transbordador se alineó a la pista para iniciar el despegue, busqué mi asiento a un lado de los doctores Daniel y Belana, luego miré doctor Donovan sentado y el asiento de Anny estaba desocupado, le pregunté al doctor:

-¿Dónde está Anny?

El doctor Donovan respondió:

-Entró al baño del transbordador, ya debería estar de vuelta en su asiento para el despegue.

El transbordador espacial comenzó su maniobra de despegue, y aceleró hasta tomar vuelo. Todo me pareció extraño, fui al baño a buscar a Anny, pero estaba desocupado, miré una azafata que estaba sentada ahí y le pregunté:

-¿Ha visto usted a Anny?

Y la azafata me contestó:

-No, la última vez que la vi salió del avión para ir con usted a la Torre de Control.

Así me di cuenta de que Anny no estaba en el avión, miré a la azafata y le ordené:

-¡Rápido! Avise al piloto que debemos regresar al aeropuerto ¡Anny se ha quedado atrás!

La azafata y yo entramos a la cabina del piloto, quien de inmediato comenzó una maniobra de regreso. El piloto vio una señal en su tablero y me dijo:

-Tenemos una llamada en la línea.

El piloto activó el altavoz y escuchamos:

-Soy Anny, quiero hablar con la doctora Aurora.

Yo escuchaba atenta y respondí:

-Anny, soy Aurora, ¿dónde estás? ¿Qué haces?

Anny contestó:

-Siento mucho despedirme de ustedes así, pero he decidido unirme a los Ness; ya me he comunicado con ellos y están dispuestos a aceptarme entre ellos, y ofrecerme un nuevo cuerpo como los suyos, y continuó.

-En unos meses más yo también seré una criatura Ness, y viviré entre ellos como uno más de su nueva especie.

-Mi objetivo es ser la primera humana en dar este salto y así sentar las bases de una nueva raza y convivencia entre entes y humanos, señaló.

No lo podía creer, los pilotos me miraron esperando ver mi expresión, seguramente para saber si esto era cierto, si era posible, simplemente era demasiado difícil de creer. Cerré mis ojos para concentrarme, para pensar en las palabras correctas:

-Anny, ¿dices que has hablado con los entes? ¿Ellos te han ofrecido esto o tú se los propusiste?

Anny me contestó:

-Yo se los he propuesto. Por favor, ya no aterricen por mí, ya es inútil, ya voy hacia con los Ness.

La nave ya iba de regreso hacia el aeropuerto espacial, y se alineaba con la pista para aterrizar por Anny. Yo, mientras tanto, pensaba: 'Anny ya no está en el aeropuerto, encontrarla será muy difícil y probablemente inútil. Tengo que pensar también en la seguridad de las personas que van abordo de este transbordador'.

Le ordené al piloto mantener el curso un momento más, antes de aterrizar para insistirle a Anny:

-Anny, no tienes la facultad de tomar esa decisión, ¿estás dispuesta a abandonar tu vida como humana para siempre?

Anny tardó en responderme segundos, y me contestó:

-Las criaturas Ness pueden hacer esto, ya me lo han confirmado, viviré algunos meses con mi cuerpo actual y luego me trasplantarán a un cuerpo Ness, también me han ofrecido aumentar mi inteligencia al mismo nivel de ellos.

-Efectivamente, abandonaré mi vida como humana para siempre. Muchas gracias por todo, ahora rompo comunicaciones.

Entonces la llamada terminó. Le dije al piloto principal que no volviera, que siguiera el curso original hacia V1, luego miré a los ojos a los dos pilotos y les ordené:

-Lo que han visto y oído no pueden comentarlo con nadie hasta que el Senado de la FNU lo haga público.

Regresé a mi lugar para intentar explicarle al doctor Donovan y a los demás lo que había sucedido. El doctor Donovan de inmediato me preguntó:

-¿Dónde está Anny? ¿Por qué el transbordador ha dado vueltas sobre el aeropuerto?

-Anny se encuentra desaparecida, en cuanto nuestro transbordador llegue al Puerto Espacial V1, la buscaremos, le contesté.

El doctor Donovan no entendía, pues no le había explicado con claridad, así que insistió:

-Esas respuestas son muy ambiguas. ¿Se ha quedado Anny en el aeropuerto, o ha sido raptada? ¡No podemos partir sin ella!

Lo medité: ¿les explico a todos la situación en este momento?, ¿sólo a Donovan?, o ¿espero a llegar a V1? El doctor Daniel también se puso de pie esperando respuestas, luego miré a

Belana, ella no parecía tener preguntas, creo que ella lo intuyó muy bien, esa era la propuesta de Belana. Yo miré de frente al doctor Donovan y le expliqué de la forma más clara que pude:

-Anny ha decidido quedarse en Cupid, le solicitó a los Ness quedarse como habitante permanente, y ellos aceptaron; planea convertirse en una criatura Ness.

El doctor Donovan estaba confundido y molesto:

-¡Eso no tiene sentido! ¡Es un plan descabellado! ¡Debemos volver por ella!, gritó.

Yo le expliqué:

-Anny está decidida y no hay forma de encontrarla, se ha desconectado de la red. Deberemos aceptar este hecho de que no la encontraremos, le expliqué.

Belana por fin interrumpió, yo esperaba atenta lo que tenía qué decir, después de todo, la propuesta de 'infiltrarse' entre los entes había sido de ella.

-Anny también encontró la forma de llevar a cabo mi propuesta, pero no tuve el valor para hacerlo yo.

Luego, Belana miró al doctor Donovan, y le dijo:

-Anny es una persona muy fuerte e inteligente, los entes se sentirán atraídos por ella por su naturaleza emocional, las criaturas más emocionales viven la vida de una forma intensa, por eso la han aceptado.

-Estoy segura de que su intención es infiltrarse en su nueva sociedad con el fin de estudiarlos, agregó.

-Anny puede llegar a convertirse en la criatura Ness más

poderosa de todas, una que tenga el conocimiento íntimo de lo que significa ser humano y de nuestra sociedad, más las capacidades de un Ness, concluyó Belana.

Es muy difícil prever qué le sucederá a Anny, yo nunca hubiera tomado esa decisión, abandonar mi humanidad por una corazonada. Pero Anny lo hizo de forma impulsiva, totalmente emocional. Miré a Belana, y le dije:

-Pero, ¿han considerado que al transformarse en un Ness puede cambiar su perspectiva de las cosas? Es posible que al convertirse en una criatura Ness pierda toda su humanidad. ¿Es un riesgo que ella está dispuesta a tomar?

Aunque reconozco que es posible que estas sean la clase de decisiones que debemos tomar, las impredecibles; para desbaratar sus planes, para ponernos al mismo nivel de las criaturas Ness.

Belana se quedó pensativa un segundo, reflexionando su respuesta, luego me dijo:

-Doctora Aurora, ahora Anny es nuestra mejor oportunidad.

FIN

Made in the USA
Coppell, TX
20 September 2024

37475951R00144